SOCIEDADE DA CAVEIRA DE CRISTAL

CB035644

Copyright do texto © 2024 by Andréa del Fuego
Copyright das ilustrações © 2024 by Fido Nesti

O selo ESCARLATE faz parte do grupo Companhia das Letras.

Grafia atualizada segundo o Acordo Ortográfico da Língua Portuguesa de 1990, que entrou em vigor no Brasil em 2009.

Preparação: Paula Marconi de Lima
Revisão: Willians Calazans e Renata Lopes Del Nero
Projeto gráfico e diagramação: Mauricio Nisi Gonçalves

Dados Internacionais de Catalogação na Publicação (CIP)
(Câmara Brasileira do Livro, SP, Brasil)

Fuego, Andréa del
    Sociedade da caveira de cristal / Andréa del Fuego ;
ilustrações Fido Nesti. — 1ª ed. — São Paulo : Escarlate, 2024.

    ISBN 978-65-87724-58-4
    1. Literatura infantojuvenil I. Nesti, Fido. II. Título.

24-218663   CDD-028.5

Índices para catálogo sistemático:
1. Literatura infantojuvenil 028.5
2. Literatura juvenil 028.5
Aline Graziele Benitez — Bibliotecária — CRB-1/3129

Todos os direitos desta edição reservados à
SDS EDITORA DE LIVROS LTDA.
Rua Bandeira Paulista, 702, cj. 71D
04532-002 — São Paulo — SP — Brasil
☎ (11) 3707-3500
▣ www.companhiadasletras.com.br/escarlate
▣ www.blogdaletrinhas.com.br
🄵 /brinquebook
🄾 @brinquebook

Andréa del Fuego

SOCIEDADE
DA
CAVEIRA
DE
CRISTAL

Ilustrações de Fido Nesti

O selo infantojuvenil da
Companhia das Letras

Para Chiquinho e André

SUMÁRIO

Nota da autora 9

PARTE **1** 11

PARTE **2** 61

PARTE **3** 119

PARTE **4** 173

Biografias 222

NOTA DA AUTORA

Este livro foi originalmente publicado em 2007. Uma pandemia global estava longe de nos parecer uma ameaça, a não ser para alguns cientistas que previam sua chegada, só não sabiam a data.

Nos jogos eletrônicos, por exemplo, eram lançados o Super Mario Galaxy e o Fifa 08, sucessos com jogabilidade superada nos dias de hoje. A fase avançada do Skull, jogo protagonista desta história, se passa no sonho. Como sonho não tem data, os desafios desta trama são tão atuais quanto antigos e futuristas.

De 2007 para cá, as tecnologias e a ciência avançaram. O que não mudou, é que somos os mesmos desde que os humanos descobriram o fogo. Competimos por amor, pela vitória e até pelo que não desejamos.

PARTE
1

MINHA VIDA

CAPÍTULO 1

Começa que tenho treze, idade adulta não reconhecida. Magricela, tenho espinha, uso óculos e, se precisar, corro. Tenho pai e mãe. Parece óbvio, mas conheço gente que não tem um nem outro. É que estamos debaixo de uma chuva viral. Viral de vírus, de gripe, de epidemia. Assustador. No começo foi mais. Eu tô na minha, não fico viajando nisso, caraminholando.

O vírus apareceu num continente distante e foi se alastrando por uns cinco anos. Até que um plantão de notícias pediu para todos os adultos tomarem uma vacina preventiva. Eu não tomei, porque treze não é idade reconhecida. E porque não há casos em pacientes com menos de vinte anos. O vírus gosta de organismos reconhecidamente adultos. Quem tem treze quebra o galho, mas ele não percebeu. Melhor para nós, trezeanos do planeta.

A doença apareceu depois das grandes inundações, dizem que muita água ou é bênção ou tragédia. Papinho, até agora nenhuma explicação adulta. Ninguém esclarece nada. Jornais e fofoqueiras dão notícia dos casos pela cidade. Uma professora do primário pegou o vírus e foi internada. O bairro ficou uma chatice, todas as mães em pânico, meninas chorando por causa da professora. É triste falar em doença, o mundo só fala nisso, achando que a vida vai acabar. Eu prefiro esperar a fase passar. Porque isso deve ser como uma fase de videogame, vai por mim.

Tivemos aulas, por causa do pânico viral, sobre casos de epidemia na história da humanidade. Muita gente se vai, mas o mundo mesmo não acaba. Aqui estou eu e você, eu aqui e você aí, para contarmos a história.

Tá, eu tenho medo também. A diferença é que eu consigo pensar em outra coisa. Fico no computador, que é onde levo minha vida. Piro em jogos on-line, neles, a gente arruma parceiros virtuais ou reais. O próprio jogo simula um parceiro, ou você combate alguém, um ser humano que vive em algum lugar do planeta, que tem um apelido e nunca vai aparecer em sua casa. Você nunca vai ver a cara do sujeito, mesmo que ele esteja no seu bairro, a não ser que o convide. Gosto disso. Assim ninguém vê a minha cara também. Além disso, jogando em casa, fico longe do perigo.

Quando pego um jogo, continuo nele até ficar bom. Não costumo experimentar todo lançamento. Quando falam de uma novidade no mercado, nem saio do lugar, fico no meu de sempre — tô quase na última fase. Demora, é um investimento a longo prazo. Ir até o fim é o canal. Não é bom ficar de galho em galho, jogando tudo o que aparece. ▌

O JOGO

CAPÍTULO **2**

Até que descobri um jogo, o maior de todos. Eu estava na minha, foi a Samara quem me botou nessa.

Samara finge que não é bonita, é pior. Ela se aproxima pensando que não causa nada na gente. E causa. Comentou comigo, na quadra do colégio, que seu irmão ficou desaparecido por treze dias. Que foram procurá-lo nos hospitais, delegacias, e nada. O cara reapareceu numa manhã, mudo e com olheiras profundas. Depois de dois dias desabafou com ela.

Ele estava no Skull, um jogo on-line com seis pessoas cada um jogando em sua casa. Depois da terceira fase, um dispositivo visual aciona lugares do cérebro que os unem por dez horas no mesmo sonho. Tanto que o início da partida era combinado lá pelas oito da noite. Tempo certo para que, em duas horas, os seis estivessem em suas camas e continuassem o jogo em sonho. Só que Mateus, o irmão da Samara, teve uma crise de sonambulismo, levantou-se e sumiu por treze dias.

Eu, um de treze, conservador, na minha, não pude ficar fora disso. Samara me pediu ajuda. Sabendo que adoro jogos, quis saber se eu conhecia o Skull. Mateus tinha deixado o jogo ligado ao lado da cama. Os pais chamaram a polícia, e o computador foi para investigação. Não descobriram nada concreto, mas teve humilhação: fizeram uma cópia para a mãe dos e-mails indecentes que mandava para a Claudinha, da oitava série.

Foi nessa ocasião que entrei para a Sociedade da Caveira de Cristal.

Entrei por causa da Samara.

O que aconteceu foi que Mateus teve bronquite e coqueluche quando pequeno. Diz que essas doenças infantis desligam uns fios elétricos no cérebro, isso incapacita o jogador de passar da terceira fase do Skull. Para mim, isso é mentira. Acho mesmo é que Mateus teve medo durante o sonho e despertou, porque, além do mais, ele é mesmo sonâmbulo.

A polícia só desconfiou de uma mensagem: "Nos encontramos no Skull às nove". Entraram no jogo para investigar e viram que, a partir da tal fase, os jogadores sumiam da tela. Não só: o jogo também. A quarta fase vinha em seguida, só que era preciso religar o computador. A polícia achou o jogo uma bela porcaria. Não só ela, muitos jogadores deram o Skull como fiasco. Rolou boato, diziam que ele dava pau na máquina, pifava os computadores.

A polícia sugeriu que os pais do Mateus o levassem ao psicanalista. O problema era com ele, nada a ver com o computador ou alguém com quem ele pudesse estar se relacionando. Complicado, tudo que existe dentro do computador vem de fora dele, são pessoas.

Não o levaram ao psicanalista nem impediram o cara de voltar a morar dentro do computador. Mas Samara ficou com um elefante atrás da orelha; para ela, o sumiço estava ligado ao jogo ou sabe-se lá o que a criatura fazia diante da tela. Mateus reapareceu, Samara me arrumou a senha dele no jogo, foi bem fácil: era Mateus.

— Vítor, deve ser Mateus, ele não ia pensar muito. Batata.

Vítor é meu nome, a propósito. Eu gosto. Samara e Vítor combinam.

Primeiro, precisava baixar o jogo. Não tinha para vender em lojas, nem pirata. Ele foi recolhido depois do escândalo das máquinas pifadas, ninguém mais queria encrenca.

Mas como eu tinha a senha, entrei no site e, lá estava ele, acessível e inteiro. Baixei e, em seis horas, o Skull estava no meu computador. |

CAPÍTULO 3

O VÍRUS

Enquanto esperava baixar, fui para sala assistir ao jornal da tevê com meus pais. Sou filho único, tem essa. Dizem que os pais mimam demais os filhos únicos. Quem disse não é filho único. Acontece que ter menos filhos deixa os pais mais livres, eles fazem mais coisas. O Vítor se vira sozinho. O Vítor já é um homem. O Vítor já vai ao Centro de ônibus. O Vítor já pode viajar sozinho. É assim, eu posso tudo sem pedir nada. O que não tem graça.

O que meu pai diz cabe numa frase, quase nada. Como não fala, não sei o que ele sente nem o que acha de mim. Uma coisa é ser normal, ele é normal comigo; outra é se envolver, fazer coisas divertidas. Ele é fechado, caladão e aposentado. Já minha mãe fala mais, nem por isso é mais fácil. Ela é quinze anos mais nova que ele. Gosto dos meus pais, mas não fico falando; vai ver meu pai puxou a mim.

No jornal, mais números de vítimas. Os cientistas apelidaram o vírus de Bola, pois é esse seu formato, seus movimentos se parecem com o quicar de uma bola. Minha mãe tossia ouvindo a notícia, meu pai secava o suor da nuca com pano de prato. Não acho que eles tenham o Bola. Não mesmo. Meu avô adorava dizer que descendíamos dos sobreviventes da peste medieval. A febre, a gripe que quase acabou com o mundo, o mundo não, as pessoas. Dizia que éramos baratas, nem uma bomba atômica ia impedir nossa família de cruzar a Terra. Ele não foi para o sanatório por dizer essas coisas. O vô Rubens contava umas mentiras, dizia que não tinha dinheiro, quando morreu enriqueceu minha mãe, por consequência, eu. Sou Vítor e rico... Rico nada, é que Vítor combina com riqueza.

Vô Rubens deixou livros e uma bicicleta. ▮

CAPÍTULO 4

A CAVEIRA

O jogo baixou com um apito, corri para o quarto, instalei.

A tela acendeu a palavra "Skull" e uma caveira transparente, cristalina. Entrei no jogo. Tinha outros três jogadores, era preciso esperar mais dois entrarem. Uma janela de bate-papo se abriu à esquerda, os apelidos pipocaram.

Manolo: Oi.
Orquídea: Quem entrou?
Mestre: Qual seu *nick*?

Tinha esquecido de botar meu apelido, apareci como anônimo na tela. Voltei e me batizei: Submarino.

Submarino: Oi!
Mestre: A primeira?
Submarino: Sim, uhuuu!
Manolo: Qual a velocidade da baleia jubarte em fuga?
Submarino: Em fuga?
Orquídea: Responda.

Percebi que era uma senha, eu precisava ganhar tempo. Abri outra janela no navegador e botei a pergunta num site de busca.

Mestre: Trinta segundos pra responder, Submarino!

Tinha que correr, qualquer um faria o que estou fazendo, procurando informações on-line. Achei uma página sobre as jubartes.

Submarino: Chega a 27 quilômetros por hora.

Orquídea: Correto, mas quantos orifícios?

Mestre: Quem te indicou?

Submarino: Ganhei a senha de presente, eu queria jogar.

Nisso a janela de bate-papo fechou no mesmo instante. O telefone tocou. Era Samara.

— Vítor, meu irmão descobriu que eu te passei a senha e está mudando a dele. Eu disse que te pedi ajuda e paguei com a senha, quer dizer, tentando adivinhar ela, que chega a ser idiota.

Ela falava rápido, ansiosa.

— "Idiota é não ser óbvia", ele me disse.

— Samara, fala pro Mateus ficar sossegado, eu desisto do Skull.

Pensei, se fizer ele acreditar que não me importo mais, vai facilitar novas tentativas, não sou besta de entrar agora mesmo no site.

Jantei com meus pais uma lasanha e tomei uma caneca de leite com chocolate. Deu uma azia que até desliguei o abajur para dormir. Dia seguinte eu seria outro Vítor, outro homem. Foi mesmo. Calculei, um dia depois da azia, que saber a velocidade de uma baleia em fuga era pouco. Devia haver alguma frase, algum código, tipo "a baleia foge a tantos quilômetros e os orifícios são gelados". Qualquer coisa nada a ver, mas com a palavra "orifícios" inclusa. Como saber a frase-código? **▌**

CAPÍTULO **5**

A BUSCA

Passei dias vasculhando sites, assunto: baleia. Caí numa página que traduz conteúdos de holandês, chinês, tcheco e russo. Só botar uma palavra, em qualquer idioma, e vinham listados os sites em que ela aparecia nesses países. Feito para quem quer saber, em qualquer língua, alguma coisa desses povos, coisa de espião.

Escrevi, só para testar, "vírus Bola". Minha mãe ia gostar, imprimiria alguma informação importante, se viesse.

Percebi que chineses morrem mais que holandeses. Que holandeses têm mais febre que os que falam russo. Que quem fala russo, se sobrevive ao Bola, quase sempre perde a imunidade, até para um simples pouso de mosquito. Morreriam, sim, mas de outra causa indireta, não pelo Bola. Imprimi.

Teste feito e gracejo materno garantido. Corri botar "Skull" na busca. Veio nada, o que é instigante. *Skull* é caveira em inglês, e há milhares dessas palavras por aí. Estranho não vir nenhum resultado.

Por que eu não buscava "Skull" num site nacional? Porque era preciso buscar pistas longe de Mateus. Tentei pela segunda vez, agora com "Skull" e "baleia". E eis tudo: uma única incidência com as duas palavras. Um trecho com caveira, mas era um trecho de Shakespeare que não trazia a palavra baleia. Hamlet, "ser ou não ser, eis a questão", o cara com a caveira nas mãos. Pensei em guilhotina, numa baleia sem cabeça, sangue saindo pelos orifícios largos. Azia de novo.

Vô Rubens já teria solucionado, fácil, esse enigma. E sem ligar o computador. Boa lembrança, resolvi pegar os livros dele. Ele tinha uma enciclopédia ilustrada que eu nunca tinha aberto. Muito pesada, e papel não me dá vontade.

Ser ou não ser, eis a questão. Talvez a baleia não fosse quem fosse. Alguém se chama Baleia? A cadela de Graciliano Ramos, que lemos este ano, a cadela Baleia do Fabiano. No livro é tudo seco, não gostei. Triste e sem graça, sem heróis que voam ou poderes. Livro tem que ter aventura, esse é meio parado. As meninas adoraram *Vidas secas*, eu não.

Baleia, quantos orifícios? A Baleia do livro morreu como mesmo? Fabiano teve de sacrificá-la. ▌

CAPÍTULO 6

A SENHA

Como me distanciei do jogo por três semanas, Mateus estaria despistado. Acessei o Skull.

Login: Baleia.
Senha: eles mataram a cachorra.

"Senha ou login incorretos, tente outra vez."

Droga.

Login: cachorra.
Senha: Baleia.

Burro! O *login* era do Mateus, ele devia ter posto o nome da irmã.

Login: Samara.
Senha: Baleia.

"Bem-vindo ao Skull."

Entrei como Gato Félix. A janela de bate-papo abriu, vieram os apelidos.

Orquídea: Pelo identificador, você não está em seu computador ou é outro que não o Robô.

Robô deve ser o apelido do Mateus.

Gato Félix: Mudei de apelido.
Robô: Olá. Agora faltam três para começar.

Droga! É o Mateus. Tô frito e cozido.

Orquídea: Quer saber? Dane-se quem você seja, Gato Félix.

Nisso, mais três entraram: Mestre, Manolo e Submarino, o apelido que usei da primeira vez, o cara gostou e pegou para ele.

Orquídea: A pergunta de hoje é: o vírus Bola sobrevive fora do corpo humano?

Mestre: Sim.

A janela de bate-papo se fechou instantaneamente, a tela principal iniciou uma musiquinha de órgão de igreja. Uma caveira vinha pequena e foi tomando a tela. Uma caveira de vidro ou cristal, de tanto brilho e transparência. Abriu a boca, dali saiu uma luz que se transformou na frase: "Ser ou não ser".

Estava com a enciclopédia do vô Rubens sobre as pernas, não tinha nem aberto. Fiquei com pena do vô Rubens e abri no índice. Procurei por caveira, só para ele ficar contente por eu ter consultado seu livro.

Em "caveira" está assim: "Símbolo da permanência da forma". Mais nada. Esquisito. Fechei e deixei no chão, ao lado dos pés. ▌

CAPÍTULO 7

A PARTIDA

Veio a tela de início do Skull. Uma casa vista de cima, com seis quartos, e em cada um, um menino. Embaixo de cada menino, o nosso apelido de jogo. Eu era o mais gordo dos seis. Um jogo com crianças, deve ser chato. O meu menino usava suspensório e boné com aba de lado, patético. Orquídea usava muleta, não tinha uma perna e vestia uma bermuda florida. Mestre estava com um miniterno e gravata-borboleta. Manolo tinha uma roupa legal e usava bota ortopédica. Submarino tinha umas moscas em volta da cabeça — depois fui saber, significava piolho. E Robô, o Mateus, tinha curativos por toda perna e usava blusa de gola alta, coisa que nem minha mãe usa.

As descrições físicas se relacionavam com o posicionamento de cada um no jogo. Era o estágio em que ficaram na última partida. Uma janela pequena pipocou na tela, não era bate-papo, mas as instruções. Eu teria que bater em Mestre até que ele me devolvesse um carrinho que estava em seu bolso, levar Orquídea pelo ombro até o outro lado de uma floresta e me livrar de Submarino, que queria me passar piolho.

Jogo pateta.

Tanto tempo atrás da senha e vi que o fracasso do Skull era por isso. Um jogo para crianças de seis anos, no máximo. Aquilo era uma bobagem. Continuei pela Samara, até para provar a ela que o jogo, se tivesse outra fase depois da terceira, devia ser mais chato que dominó.

No fim, patetas eram só as caras dos integrantes e os objetivos. Para fugir de Submarino, levei três horas. Ele me deixou escapar pelo andamento do jogo, a missão dele era quebrar a outra perna do Orquídea. Não indicaria o Skull para menores de treze anos. ▮

CAPÍTULO 8

VÔ RUBENS

Meu pai proibiu qualquer jogo violento em casa. Proibiu sem dizer por quê, sem dar explicação. Eu não acatei, mas peguei leve. Estava triste com a melancolia deles, perderam alguns conhecidos, vítimas do vírus Bola. Não quis dar problema.

Tenho amigo que vira rei num jogo em que atropelar velhinhas garante vida e suprimentos. Sou meio banana, um bobalhão nas rodas. Ninguém teve um vô Rubens, e isso faz diferença. Uma coisa é saber a maldade do mundo, outra é ficar olhando para ela. Se bem que matar velhinha na tela é uma coisa, fazer isso na rua é outra. Isso os adultos, e sou quase um, acham que não, que é a mesma coisa. Sendo que um dá sono, o outro dá remorso e cadeia.

Vou até onde não me machuco. Nunca fui o mais valente, por isso nunca quebrei braço ou dente. Não conheço dor, basta a azia que, minha mãe diz, é ansiedade. Se jogo ou fico demais no computador, sou depressivo. Se não fico, sou ansioso.

Os adultos precisam definir o que acham melhor, assim a gente pode ir logo fazer o contrário. No fim, é o que eles querem, serem contrariados por nós, para que fiquem bravos e se orgulhem de dizer que estamos errados.

Aqui em casa, eu nunca consigo ir contra a vontade deles. Eu tento, mas eles são elásticos, me mimam; a professora de biologia diz que sou um sonho de menino, muito educado.

Se um vírus, que não enxergamos, pode matar de verdade, é melhor não duvidar que um console de videogame pode matar uma velhinha em algum lugar, enquanto estamos sentados na sala.

Nossos pais têm mais dúvidas que nós. Percebi no Natal, numa discussão boba entre meu pai e vô Rubens. Aliás, adivinhe como vô Rubens morreu. Foi ele, o Bola. A discussão foi assim: meu pai destratou meu avô, que defendeu minha mãe tirar do forno o pernil ainda cru. Ele disse que quem mandava na casa era ele e não o velho. Minha mãe botou o pernil de volta no forno, eu fui ao quarto jogar até que a comida ficasse pronta.

Daqui do quarto, ouvi o vô Rubens dizer ao meu pai que ele era pouco para um neto como eu, e menor ainda para uma esposa como minha mãe. A coisa não foi pior porque o telefone tocou, era a irmã do meu pai, tia distante que desejava boas-festas.

Brindamos os quatro na cozinha. Nada cru, e nenhuma raiva no rosto do vô Rubens. Foi nosso último brinde.

Todo mundo fica me perguntando por que não chorei no velório. Primeiro, porque chorei o que tinha para chorar em casa, no quarto. Segundo que tudo dele é meu, sempre vou sentir sua presença. Os óculos, por exemplo, podem me servir quando eu ficar mais velho. Se é que o vírus Bola não me pega antes disso.

Toquei no assunto do meu avô que é para não me tirar de insensível, ou desses meninos de treze tão comuns. Se você já passou por algo bem triste, já deve ter ouvido que é uma fase. A vida é um videogame.

Quando passei da primeira fase para a segunda do Skull, achei que valeria a pena ir adiante, tinha esperança de provar o *sonho game*. A Samara confia em mim, tenho que ir até o fim. ▮

CAPÍTULO 9

O SOCORRO

❙ A primeira fase levou seis horas de nossas vidas. Chegamos na segunda, mas nessa ficamos uma hora e meia. Salvamos o jogo e combinamos continuar no dia seguinte, provavelmente por mais seis horas. A sorte é que as férias estavam na porta. Isso aliviou a barra em casa. Minha mãe liberou apenas quatro horas, só que ela acaba esquecendo de me vigiar, e passo o tempo que quero.

Ontem veio dizer que eu estava pálido, mas que, milagre, eu havia engordado. Para um cara magro feito eu, de perna fina, braço fino, pescoço fino, um pouco de enchimento me deixaria mais visível. Entendo como é ser maior pela tela do Skull.

À tarde, nos encontramos na sala do jogo, lá fomos os seis, agora para socorrer outros seis que estavam em apuros em outra partida. O mesmo Skull, mas em outra plataforma. Uma turma perdida que pediu ajuda por uma sala exclusiva para isso, pedir socorro.

Quando algum integrante se perde do grupo ou mesmo o grupo todo não consegue sair ou solucionar o jogo, há um recurso chamado *stop mind*, que dispara um alarme para os jogadores do mundo inteiro. Via celular, e-mail ou qualquer meio de comunicação deixado pelo usuário no momento do cadastro. Eu deixei o telefone de casa. Orquídea recebeu e-mail e abriu nossa janela de bate-papo, no canto esquerdo.

Orquídea: Tem quatro caras que não conseguem voltar. Pelo IP da máquina, estão no Japão.

Eu só de butuca no lance. Tudo ia ficando mais misterioso, ninguém me dava informações adicionais, nem eu perguntava por medo de me acharem inconveniente e me desligarem do Skull. IP é como se fosse o RG do computador, um número pelo qual se pode localizar cada máquina. Pelo visto, esse Orquídea identificava os computadores de todos os participantes.

Mestre: Adiaremos a segunda fase para ajudar o grupo perdido?

Manolo: Acho que o Skull nos enviou outra segunda fase. Quer apostar que, resgatando esses, passamos para terceira?

Submarino: Orquídea, conecte a nossa sala com a dos japoneses.

Orquídea: É pra já. ▮

CAPÍTULO

10 A CONVOCAÇÃO

Num minuto, entraram dois apelidos com caracteres japoneses. Pior, as mensagens também.

Orquídea: Alguém entende japonês?
Robô: Vamos copiar a mensagem no site de tradução.

Mateus conhecia o esquema, se bobear sacou meus passos. Esses caras sacam tudo depressa. Enquanto somos virtuais, nada é seu, nem você mesmo.

Robô: Eis a tradução: "Estamos na quarta fase, há um integrante preso na Órus14. Estamos voltando para nossos quartos, se alguém não o resgatar, ele não vai conseguir acordar".

Tem uma coisa que não comentei. Acho que o mais novo da turma sou eu. Eles falam como professores, ou se acham os maiores. Eu faço o jogo deles. Dessa vez tive que falar.

Gato Félix: Não entendi a mensagem.
Orquídea: Você é um prego, veio jogar sem ter tido contato com a SCC.
Gato Félix: SCC?
Manolo: Sociedade da Caveira de Cristal.

Achei meio idiota esse Orquídea, me chamar de prego, tentei fechar as janelas e o jogo. Nada. Tentei desligar o computador. Nada. Tirei da tomada e aí sim, silêncio absoluto na minha cabeça.

O telefone tocou na sala. Minha mãe gritou de lá, era para mim.

— Orquídea falando.

A voz era de homem, de um cara de seus dezesseis, dezessete anos.

Um cara chamado Orquídea.

— Você não pode desligar o computador enquanto estiver jogando. Quer ou não avançar?

— Quero.

Respondi que sim, a voz de comando me hipnotizou.

— Amanhã no Big Hot-Dog, do Centro.

Teria que pegar dois ônibus, isso eu já fazia. Fui. Lá, encontro quem?

Mateus.

— Você é o Orquídea?

— Não, vim no lugar dele. Ele nem mora em São Paulo.

— Nossa.

— Preste atenção, se você quiser continuar, vai descobrir coisas que, se sair contando por aí, vão te chamar de louco. Se não quiser, melhor ficar por aqui. Não dá para invadir o sistema porque você está rastreado. Até sua tevê sabemos em que canal está sintonizada.

— Sério?

— Sua internet está conectada à tevê, ao telefone, ao micro-ondas e ao cartão de crédito da sua mãe. Cada tentativa que fizer, gera uma conta pra ela pagar.

Não entendia se Mateus queria ou não que eu ficasse no Skull. Ele não precisava dizer que sabia como me encontrar. Nem achar que eu acreditaria que um micro-ondas me dedaria. Babacão. Ele é meu vizinho de bairro. Nem ônibus preciso pegar para estudar com Samara. Me fez pegar dois até aqui e dizer essa besteira. Pior, o tonto também pegou os dois ônibus.

— Preciso voltar, vamos pro ponto?

Isso desconcertou um pouco o Mateus. Acho que ele percebeu que não era um agente mafioso, nem um espião ou um personagem. Acho que se lembrou que sou amigo da Samara. Voltamos no mesmo ônibus, conversando.

— Quando você sumiu, tinha a ver com o Skull?

— O que acha? — Mateus respondeu com cara de quem levou a melhor, de quem estava nas altas patentes do Skull. — Faz assim, Vítor: pense no que falei, se quiser entrar na SCC é só nos conectar pelo jogo. Vai receber outra senha, entra com ela nas reuniões.

— Por que não explicam isso antes de iniciar o jogo? Pra que essa enrolação? ▌

A EXPLICAÇÃO

CAPÍTULO **11**

❙ — Vítor, seu prego, o melhor vem depois. As três primeiras etapas não passam de teste. Você foi muito bem na primeira. Tanto que o Skull nos designou uma segunda fase de peso.

— O resgate?

— É, o resgate. Isso garante a quarta fase, o nosso objetivo. Os integrantes estavam nessa fase quando pediram socorro. Se não nos ajudamos, o jogo pode ser descoberto e babau Skull.

— Por que babau? — estava ansioso.

— Você faz perguntas que só um integrante...

— Ok, Mateus, sou um Skull de hoje em diante. Pronto, me conte tudo.

Ele não podia contar mais, agora eu deveria participar das reuniões. Ele me avisaria por e-mail.

Foi num sábado que ele disse para eu entrar no site. Recebi senha, login novos, e eis a reunião. Outra sala, esta com mais de trezentos usuários. Um moderador selecionava as questões principais para o Senhor de Cristal. Um apelido bem forçado, desses que fingem respeito.

Senhor de Cristal: Aqui todos são senhores de si ou não?

Respondi "sim", imediatamente. Claro que sim. Sou meu dono desde os oito. Vô Rubens me tratava como adulto desde os seis, sete.

Senhor de Cristal: Apresentem-se os novos.

Como eu, tinha uns trinta.

Senhor de Cristal: Vou ser claro e direto.

1. Os integrantes da Sociedade da Caveira de Cristal devem gozar de boa saúde e memória. Caso contrário, podem se prejudicar e prejudicar os demais.

2. Não é possível ser livre na quarta fase, é preciso cumprir as regras, pois a tentativa de quebrá-las pode acarretar danos irreversíveis.

3. Deverão conhecer as etapas pelas quais passam nossos cérebros no momento ativo do Skull.

4. A quarta fase está destinada aos vigorosos, aos futuros sobreviventes da Terra.

5. Aquele que passar pelas fases seguintes, que se concluem em dez, obterá o Passaporte de Cristal.

6. Não podemos garantir absolutamente nada aos usuários, apenas que o criador deste jogo acompanha cada passo do jogador, ele mesmo afina as passagens e se presta a nos dar uma boa viagem de ida e volta.

7. Para os usuários que ainda não conhecem a quarta etapa e vieram direto da segunda, saibam que seus resultados deram o direito de avançar. Podem combinar o primeiro embarque hoje mesmo. Atenção! Todos, menos aqueles que não terminaram a segunda fase.

Gelei, esse era eu, o que não participou do resgate da segunda fase.

Senhor de Cristal: **8.** Nunca, em hipótese alguma, desliguem seus computadores durante o jogo, mesmo que estejam incapacitados para ele. O Skull se vale de cada cérebro eletrônico, estamos em rede.

9. Por último, caros, sonhamos todos o mesmo sonho.

Aí fiquei com medo. Aquele Orquídea sabia o IP da minha máquina, testemunhou minha saída brusca no último jogo. Como ia ficar minha situação? ▮

SENHOR DE CRISTAL

CAPÍTULO 12

— Oi, Samara, chama o Mateus.

— Mateus tá dormindo, Vítor. Ele dorme cedo aos sábados.

Não gostei da voz da Samara, acho que ela ficou com ciúmes, também não consegui disfarçar. Apesar de ser a mulher da minha vida, agora o Mateus era mais importante que ela. Se não estou errado, ele está na quarta fase, embarcou com os outros. Agora estou só. A sala ainda tinha gente, dos trezentos integrantes, restavam dezesseis. Um a um foi saindo com os grupos formados. O Senhor de Cristal ainda estava lá. Só me restou a coragem.

Gato Félix: Senhor de Cristal, como ficam os que não concluíram a segunda fase?

Senhor de Cristal: Estes voltarão para a primeira fase zerados, não levaremos em conta o resultado da primeira tentativa. É seu caso?

Gato Félix: Sim, Senhor.

Respondi tipo soldado, para ele ver que eu era mesmo um soldado dele, que podia contar comigo, que eu não ia desistir.

Senhor de Cristal: Essa senha de acesso será anulada. Terá que jogar por ela novamente e, assim, voltar às reuniões da SCC.

Gato Félix: Sim, Senhor.

Ia começar tudo outra vez, pensei em fazer um café para ficar mais esperto. Minha mãe não é de café, nem meu pai. O vô

Rubens é que era doido por café, comprou a cafeteira elétrica e me ensinou a usar.

Enquanto a água esquentava, meus pais já dormiam no quarto com a tevê ligada. Sabia porque a luz passava por debaixo da porta. Aproveitei para ir ao banheiro, a noite ia ser longa, eu tinha uma batalha pela frente. Quando voltei ao computador, xícara de café e umas bolachas, a sala de reunião ainda estava aberta e havia só um integrante, o Senhor de Cristal. Agora ele não escapava, ia perguntar umas coisas ao velho.

Senhor de Cristal: Gato Félix, antes de fechar a janela, me confirme um dado.

Caramba, ele queria falar comigo.

Gato Félix: Estou aqui, Senhor.

Senhor de Cristal: Pelo seu cadastro, vejo que tem treze anos, confere?

E agora? E se for para maiores de dezoito? Minto? Confirmo? Melhor dizer, Mateus me conhece e pode me dedurar.

Seja o que o Skull quiser. **I**

A IDADE

CAPÍTULO 13

Gato Félix: Confere, Senhor.
Senhor de Cristal: Isso te dará um bônus.
Gato Félix: Começarei a primeira fase com vantagem, Senhor?

Já fui perguntando mais íntimo. O Senhor de Cristal falava só comigo e tinha me dado um bônus. Vô Rubens tinha que ver isso.

Senhor de Cristal: Sua idade é um número místico e importante para nós. Se você tivesse doze anos não receberia o bônus, se tivesse catorze, tampouco. Treze é o número que rege o Skull.

Uau! Sou um escolhido, um sortudo e não sabia. Quando fiz treze, alguma coisa mudou de cara, no mesmo dia cresci uns dois dedos.

Gato Félix: Faço o que mandar, Senhor.
Senhor de Cristal: Este é o 13º mês de implantação do jogo, e nesta semana você é o 13º integrante com treze anos.

Como eu, mais treze só em uma semana. Não era tão especial assim. Dane-se, ele estava me dando uma chance única na vida.

Gato Félix: Senhor, diga-me o que fazer.
Senhor de Cristal: Vejo que está ansioso. Pois bem, mandarei por e-mail um arquivo de texto que deverá ler para ficar ciente dos riscos e benefícios. Trata-se da terceira regra: todos os usuários deverão saber as etapas pelas quais passa o cérebro

durante o jogo. Assim que ler, uma nova mensagem vai chegar com a senha definitiva, com ela, poderá iniciar a quarta fase.

Gato Félix: Pode enviar o arquivo, Senhor, estou aguardando.

Senhor de Cristal: A segunda mensagem, com a senha, só chegará quando terminar de ler o arquivo de texto. Há nele um dispositivo com sensor ótico. A substância que recobre o globo ocular é captada pelos pixels das letras. Só depois de passar os olhos por todo o texto, até a última letra, é que automaticamente a senha será gerada e enviada.

Gato Félix: Compreendido, mestre. Repito, estou preparado.

Nisso a janela se fechou num piscar de olhos. Esse negócio de sensor ótico deve ser para dar medo e a gente ler mesmo, isso não existe. Corri para ver se tinha algum novo e-mail. Tinha um da Samara. Dizendo que eu estava estranho ao telefone, se eu tinha descoberto alguma coisa sobre o sumiço do Mateus. Mulher não pode ver nada que quer especular. Respondi que o sumiço dele era passado, que eu gostava do Mateus, poderíamos ser amigos. Fora esse e-mail, só propaganda, nada que me interessasse no momento e fosse, de fato, enviado para mim. A internet era praça da esquina e nosso e-mail um banco na calçada, qualquer um senta.

A não ser por uma propaganda do Jorjão, que era para o bairro todo, anunciando uma promoção da *lan house*: seis horas pelo preço de três. A *lan house* do Jorjão era a minha casa antes de minha mãe comprar um computador. Ele fazia fiado para aposentados e desempregados, gente boa. Para moleque, não tinha conversa. Dinheiro à vista, tá certo. Tinha fechado com ele um pacote mensal honesto, vô Rubens pagava. Agora só passo na calçada, a caminho da escola. Ele deve estar me achando um ingrato, ou já se acostumou a perder clientes, mais pessoas passaram a ter computador.

Enfim, uma mensagem digna. De: missao@scc.com.

Assunto: Sociedade da Caveira de Cristal.

Agora sim, eu, um integrante da Sociedade da Caveira de Cristal. Um homem de treze, já envolvido com seu tempo, com uma missão. Limpei a lente dos óculos e abri o arquivo. ❚

CAPÍTULO 14

AS REGRAS

❙ "Leia com atenção, sem pular frases ou palavras.

O Skull precisa de seu cérebro para uma grande missão. Ela é importante e requer pessoas capacitadas. Para tal, seriam necessários muitos testes, tanto de aptidão como de fidelidade ao projeto. No entanto, falta-nos tempo para uma seleção tão purista. Usamos meios mais rápidos, mas não menos eficazes de seleção de nossos integrantes. Se você está lendo esse arquivo, é porque suas respostas mais básicas às adversidades já foram testadas e aprovadas. Antes de iniciar finalmente sua vida no Skull, é preciso saber que:

1. O Skull interfere em seus sonhos, ou melhor, ele os produzirá.

2. Em grupos de seis usuários, o Skull cria símbolos para cada um e elabora o roteiro do sonho que será vivido em comum.

3. Seus símbolos, assim como os de seus parceiros de jogo, são criados a partir do cruzamento de dados. São suas pegadas virtuais. Os sites que visitam, por exemplo, sinalizam suas ânsias e seus desejos.

4. Assim que o grupo for definido, o Skull produzirá um jogo exclusivo, levando em conta a imaginação de seus usuários, além do imaginário comum a todos os povos, como ganhar a Copa do Mundo, por exemplo.

5. O Skull guardará em sua memória todos os jogos. Isso amplia ainda mais a percepção individual de cada usuário em nosso banco de dados. A cada jogo, mais identificações e emoções terá o participante.

6. O grupo poderá iniciar o jogo às vinte horas do sábado. Nesse horário, os usuários deverão deixar ligado o computador e conectado à internet. Deitarão em suas camas com tranquilidade. Quanto mais tranquila e suave é a entrada no inconsciente, mais suave é a entrada no jogo.

7. O Skull só começa quando os seis integrantes entram no terceiro estágio do sono. Se algum integrante acorda, o jogo é travado e outro terá que fazer a parte daquele ausente para sair do Skull.

8. Durante o jogo, em caso de necessidade, é possível entrar em contato com outros usuários e pedir ajuda.

9. Para auxiliar um integrante preso no Skull, não é preciso estar dormindo e conectado ao grupo. Basta entrar na sala de socorro do site e fazer o resgate, por um jogo comum que se abrirá. A conclusão desse jogo trará de volta o integrante perdido. Tudo isso é possível com as máquinas ligadas. Mesmo que você não esteja jogando ou participando das reuniões da Sociedade da Caveira de Cristal, a energia de cada computador conectado à rede é que dá o suporte e a sustentação do Skull.

10. Além das metas de cada grupo criado, o Skull prepara mensalmente uma jornada comum em que os grupos mais eficazes são convocados a participar. A recusa pode acarretar a expulsão da Sociedade da Caveira de Cristal.

11. As normas e as regras são modificadas conforme a vontade do criador do Skull; as reuniões da Sociedade da Caveira de Cristal são fundamentais para a atualização e funcionamento do jogo.

12. Escolha seu grupo ou permita ser escolhido e combinem a hora do jogo. Lembre que o início não poderá ultrapassar as 24 horas do sábado. O jogo não pode durar mais de dez horas, que é tempo razoável para uma boa noite de sono. Portanto, assim que receber a missão, calcule seu tempo e corra para a conclusão.

13. Nos mais ansiosos, pode ocorrer uma insônia nervosa. Para isso, sugerimos uma frase de encantamento. Ao deitar-se, procure ficar de barriga para cima, com as mãos sobre o ventre. Ao fechar os olhos, repita:

Senhor do Sono, sou teu pote, a ânfora onde derramas o escuro teu.

Dá-me a ida e a volta, amigo meu." ▮

A MIOPIA

CAPÍTULO 15

❚ Passei os olhos pelo último ponto-final, bebi o resto de café. Impressão minha ou esse jogo não é para qualquer um? Agora era esperar a senha. Dei busca em Skull na internet. O máximo que achei foi uma notinha, que o Jorjão já tinha comentado, dizendo que a indústria de entretenimento BlackStar admitia o fracasso do Skull, um jogo medíocre que, passada a febre estimulada pela campanha publicitária, viu suas vendas despencarem vertiginosamente. Até mesmo corriam processos contra a empresa, consumidores que exigiam um novo computador, alegando que o produto danificava a máquina, muitos com perda total dos arquivos pessoais.

E se esses caras roubam a memória dos usuários não escolhidos? Por que nada aconteceu com meu computador e nem com o do Mateus?

Seja lá onde eu me meti, é tarde demais para sair. Jorjão sabia de tudo que é lançamento, participava da discussão sobre jogos. Se houvesse qualquer coisa fora do normal, ele teria feito alarde.

Alguém bateu à porta; minha mãe.

— Vítor?

— Oi?

— Quase duas da manhã, saia desse computador.

— Tô desligando.

Menti, lógico. Ouvi quando ela entrou no banheiro, deve ter sacado a luz no meu quarto e veio azucrinar. Agora ela sai de lá, desliga a tevê e dorme de vez até o dia seguinte, como faz todo dia.

Nada do e-mail com a nova senha. Fui desembaçar as lentes dos óculos e me toquei. Óbvio, as lentes impediram que o leitor do arquivo registrasse minha leitura. Abri o trecho de novo e fui passando os olhos em cada linha pausadamente, sem nada entender. Minha miopia é terminal. Terminei de passar pela última mancha negra da tela e botei minha nitidez de volta na cara. Agora sim, a senha.

Já estava cansado e bem atrasado para o Skull, era sábado, nessa levada eu ainda teria que esperar uma semana para ser um Caveira de Cristal. ▌

SENHORA DE VIDRO

CAPÍTULO **16**

Dia seguinte, veio minha mãe com ideias.

— Tem uma colônia de férias para nerds.

— Não acredito que você tá falando isso.

— Eles não falam nerds, mas sei que é assim que chamam os supercompenetrados.

— "Compenetrado" é bom.

— A colônia é pra desestressar esses alunos mais aplicados, com atividade física e alimentação balanceada. Disseram que é seguro, as crianças ficam longe dos focos de contaminação do Bola, inclusive.

Já vi tudo. Ela queria se livrar de mim. Nem a pau que eu saio de perto da minha máquina.

— Um lugar desse vai me estressar mais.

— O senhor fica horas, dias, semanas sentado dentro de um quarto.

Se ela soubesse o que faço lá sentado, ia ver que não fico parado.

— Prometo diminuir o tempo.

— Você promete sempre, agora vou impor regras.

Já não me bastavam as regras do Senhor de Cristal, agora as regras da Senhora de Vidro.

— Duas horas por dia.

— Duas não dá nem pra responder e-mail.

— E-mail de quem?

— Problema meu.

— Duas horas. Ou mando o computador pro beleléu.

— Quatro horas?

— Duas.

— Quatro.

— Duas.

— Quatro.

— Três.

— Fechado, três.

Beleza, a Senhora de Vidro estava contornada. O que fazer durante uma semana de espera? Apenas participar das reuniões da Sociedade da Caveira de Cristal, o que já é muito. Resolvi não passar do tempo negociado. Ela marcou no relógio a hora em que liguei o computador. Três horas dava para nada, um inferno.

Queria encontrar Robô, o Mateus. Se pudesse escolher um grupo, que fosse o primeiro. Os seis juntos foram bons logo de cara.

Na sala de bate-papo tinha um aviso: reunião da SCC às dezoito horas. Nem era meio-dia. Desliguei tudo e avisei a Senhora de Vidro.

— Tudo bem, mas você já gastou quinze minutos das três horas.

É, não ia ser fácil. Estava de férias, todo tempo do mundo para dedicar ao Skull, e minha mãe com essa de me educar justo agora.

Ela, como outros adultos, estavam com nervos à flor da pele por conta do vírus. Vem daí minha paciência com ela, dei um desconto. ∎

O BOLA

CAPÍTULO 17

❚ Quando vô Rubens apresentou os primeiros sintomas da contaminação, minha mãe veio conversar comigo, dizer que deveríamos ser fortes e corajosos. Ela não frequenta igrejas, mas colou um santinho no vitrô da cozinha. Podia ser nada, fato é que ela sempre ficava algum tempo diante do vitrô.

Os primeiros sintomas do Bola é bom saber: língua esbranquiçada e áspera; olhos vermelhos e irritadiços; febre alta; vômito de grávida, que fica no vaso o dia inteiro. Depois vai complicando, porque nada, nenhum comprimido é capaz de baixar a febre. Em todas as outras epidemias, pelo menos as febres eram aplacadas. No caso do Bola, alguma coisa faz o organismo não reconhecer os remédios para baixar a temperatura. As pessoas morrem quentes. A temperatura alta mata as enzimas, foi o que disseram no noticiário.

No bairro e na escola, há encontros semanais para dividir informações e cuidados. Todo mundo participa. Antes o contágio se dava por troca de fluidos corporais, qualquer um. Agora havia sinais de mutação, estavam todos em alarme, parece que já tinha contágio por vias aéreas. E minha mãe querendo que eu vá para um acampamento de nerds, queria me matar.

Acho que ela nem se ligou que, fechado no meu quarto, eu corro menos risco de pegar o Bola. Tem isso também, a idade do contágio começava baixar. No início, só adultos com mais de trinta anos. Depois, com mais de vinte. Agora veio notícia de um cara de dezenove. Ou seja, mais um pouco e nem eu, com a idade adulta não reconhecida, estarei imune.

Minha mãe achou por bem que meu pai e eu fôssemos com ela para a reunião. Fomos. A mãe da Samara estava lá. Dali a pouco, surge a própria Samara, mas fingiu que não me viu. Sentou-se ao lado do Rodolfo e deu um beijo no rosto dele. Então tá. Samara está ficando com esse Rodolfo. Ele mora na rua Sirius e não passa de um cara lento. Notas médias, não pega nada em nenhum esporte, entende nada de tecnologia, um medíocre.

Mas o Rodolfo é bonito, um saco. Todas dizem, até minha mãe, que conhece a mãe dele e concorda com o que dizem. Um medíocre de fato, tem a aceitação da maioria. Além disso, ele não deve ter nenhum segredo. Evidente que Rodolfo não tem nenhum projeto, nenhum objetivo na vida.

Samara é uma menina, ainda não sabe separar o joio do trigo. E ela nem deve dar o valor que merece um integrante da Sociedade da Caveira de Cristal.

A reunião rolava. Tinha a mulher da sorveteria, o Jorjão, que é o único cinquentão de cabelo comprido. Achei que ele estava com os olhos vermelhos, mas até aí, ele sempre teve os olhos vermelhos. É o tipo que o vô Rubens chamava de gente fina. O único do bairro que conversava com meu avô era o Jorjão, quando ele ia me buscar na *lan house*. Eles só não trocavam mais ideias porque a minha mãe implicava com o Jorjão, dizia que ele era um coroa abobalhado.

Na reunião ainda tinha a Dolores, a mãe da menina que virou modelo. Todo mundo sabe quem é a Luciana, ela está num outdoor, anúncio de jeans caro. Tem a idade não reconhecida, treze. Já essa combina com o Rodolfo, ela podia tirar esse cara do bairro e deixar a Samara para mim.

Luciana é tão bonita que não me interessa, ia me dispersar, tirar a minha concentração do projeto. Se bem que, se a Samara me quisesse, eu largava o Skull na hora.

A reunião não trouxe novidade, as mesmas coisas de sempre. Ter cuidado com os alimentos, ajudar a propagar as informações de prevenção. E se houver algum indício do Bola, ficar em quarentena.

Quando o diagnóstico do vô Rubens foi confirmado, ele ficou mais engraçado do que já era. Disse que ia voltar a ser criança. Peidar na sala era rotina. Foi de pijama na padaria. Não qualquer pijama, meteu um short de listras, as pernas brancas e finas, o barrigão embaixo de uma blusa de flanela. Recusou-se a ficar em casa, até que a vizinha desconfiou e telefonou para o posto de saúde.

Veio uma assistente social, não teve jeito. Ou ele ficava no quarto, ou seria levado ao hospital. Pior que não dava para disfarçar a temperatura do corpo. Na segunda vez que a assistente apareceu, ele me pediu para botar gelo na testa, nos pulsos, na nuca. Estava alegre e não parava na cama. Lavamos a caixa d'água juntos, mas só eu entrei para não contaminar, ele teve esse cuidado.

Se eu pegar o Bola, vou fazer do mesmo jeito. Passo de pijama na casa da Samara, dou um beijo nela, ela vai querer mais e lavaremos a caixa d'água juntos.

O vô Rubens calçou meus pés de pato e andava de costas pela casa. Minha mãe não levava na brincadeira, dizia que ia deixá-lo no sanatório. Nem assim ele se aquietava, perdeu muito peso, mas não se enfraqueceu, eu parecia velho perto do vô Rubens.

— Vítor, a gente tem o mundo — ele dizia.

Lia muito o mesmo livro. Morreu com *Os trabalhadores do mar* pela metade, foi o primeiro livro de sua idade adulta reconhecida, uns dezoito.

— Esse livro, Vítor, é a minha vida. Você tem esse nome por causa do escritor, Victor Hugo, convenci sua mãe. Aliás, está na hora de deixar o barco seguir com minha amada.

Não entendi nada. Mais tarde, pretendo ler para ficar perto do vô Rubens. Ele ainda está tão perto de mim, que não tenho saudade, dessas que doem, como na minha mãe, filha dele.

A reunião acabou às dezoito horas em ponto. Dava para pegar a minha reunião, a que importava. Cheguei em casa vinte minutos atrasado. ❚

O GRUPO

CAPÍTULO **18**

| — Você tem duas horas e quarenta e cinco minutos — avisou minha mãe.

Fui entrando esbaforido, login e senha de integrante. Tinha menos de cinquenta pessoas, estranhei. O Senhor de Cristal também não estava. Deu dez minutos e ele surgiu, daí a sala encheu de vez, éramos uns quinhentos. Como sabiam que o Mestre não estava na sala?

Esses caras que estão há mais tempo na SCC estão adiantados em tudo. Bobear, conhecem pessoalmente o Senhor de Cristal. Meu objetivo era encontrar alguém do meu grupo. Manolo, Submarino, Orquídea, Robô ou Mestre.

Ocorreu-me que talvez o mestre de meu grupo fosse o Senhor de Cristal. Bem, daí seria demais para um singelo novato. Esperei meia hora, até que veio o Manolo.

Manolo: Boa noite a todos!
Gato Félix: Oi, Manolo, estava esperando alguém do grupo.
Manolo: Como está sua situação?

Conversávamos reservadamente, ninguém lia nossas mensagens.

Gato Félix: Já tenho permissão para iniciar o Skull de verdade, posso continuar no grupo de vocês?
Manolo: Você caiu nessa?
Gato Félix: Como assim?

Manolo: No fim, quem escolhe o grupo é o Skull. Eles mandam essa de que nós escolhemos para conhecer nossas afinidades pessoais.

Gato Félix: Mas no manual está escrito que nós escolhemos ou podemos ser escolhidos.

Manolo: A questão é que, quando você escolhe, quase sempre o sistema diz que você já foi escolhido. Posso contar nos dedos quantas vezes escolhi. O Skull é rápido, assim que você entra, já é destinado a alguém.

Gato Félix: Quantos anos você tem?

Manolo: Vai me paquerar?

Gato Félix: Sai fora! Nem.

Manolo: Catorze.

Mateus tem dezesseis, Manolo tem catorze, até agora sou o mais moleque.

Gato Félix: Qual a idade mínima pra entrar no jogo?

Manolo: Isso é um papo aberto, vamos sair do reservado, assim outros podem te responder.

Beleza, botei minha pergunta na roda.

Celestial: Nas regras oficiais é doze, mas muita gente entra e desiste, porque acha que o jogo não funciona, principalmente os pirralhos.

Gato Félix: Qual idade da maioria dos usuários?

Memória10: Tem do netinho ao vovô, Gato. Mas dizem que o criador do Skull tem dezenove anos, sendo que, quando criou o jogo, tinha quinze.

O moderador pediu para que prestássemos atenção às orientações do Senhor de Cristal, que evitássemos papos paralelos, que para isso havia outra sala de bate-papo.

Senhor de Cristal: Está em andamento uma nova versão do Skull, sem distribuição comercial. Como vocês sabem, a empresa que distribuiu a primeira versão não se interessa mais pelo produto. A nova versão não será vendida e estará disponível apenas aos mais avançados do Skull. Previsão de acesso ao arquivo: seis meses.

Com essa choveu pergunta sobre quem pode ou não ter a nova versão.

Senhor de Cristal: Dentro de seis meses, as performances, que já são monitoradas, serão também avaliadas. Tudo indica que a partir daí teremos grupos fixos.

Era tudo o que eu queria. Um grupo fixo. Na verdade, já me sentia cansado de tanta expectativa, nada que eu lesse ou ouvisse saciaria minha curiosidade pelo que me aguardava no próximo sábado.

— Tua hora acabou — gritou minha mãe.

CAPÍTULO

19 A PROPAGAÇÃO

❙ E dessa vez ela nem bateu na porta, a Senhora de Vidro entrou com um copo de achocolatado para me adoçar. Ela sabe que sou um pamonha para chocolate.

A semana teria demorado mais para passar não fosse a suspeita de outro caso de Bola na minha rua. Teodoro Pacheco era pai do Gabriel Pacheco, que estudou comigo na terceira série e ganhou apelido de "Pilha", porque era acelerado. Seu Teodoro se tremia todo, a assistente social convenceu a família a deixá-lo em quarentena no hospital. Foi uma barulheira. A irmã do Pilha gritava na rua. Nem eles poderiam visitar o pai. Aliás, os dois não iam poder ir à escola na volta das férias até segunda ordem. A diretora estava avisada, não tinha mais jeito.

Se a coisa avançasse, ninguém mais iria à escola, os adultos não iriam sair para trabalhar e o bairro inteiro ficaria em quarentena.

Jorjão imprimiu uma notícia pela internet e distribuiu pelas casas do bairro. Falava de uma indústria farmacêutica que avançava nos remédios paliativos, tentando controlar os sintomas até que a vacina fosse descoberta. Questão de tempo, o Bola avançava, os cientistas idem. Jorjão botou na mesma folha outra nota, que dizia que alguns ex-funcionários de farmacêuticas suspeitavam da criação criminosa do Bola. Meu pai ficou irritadíssimo.

— Esse doidão, em vez de ajudar, atrapalha.

Um vírus deve ser como um pixel, que não vemos e é tudo, é o que faz a imagem, qualquer coisa dentro da tela. Como o Bola pode ter vindo das inundações? Se veio da chuva, então ele estava nos rios? Então por que não nos atacou antes? O que estava esperando? O criador do mundo deve ter escritórios pelo planeta, de onde saem as coordenadas gerais. Se pudesse, eu não pediria o vô Rubens de volta, mas gostaria de ir até onde ele está. E voltar.

Seu Teodoro teve sinais falsos e voltou para casa. Gabriel e a irmã estavam liberados. Mas outro possível foco estava bem na rua de trás: o próprio Jorjão da *lan house*. Ele mesmo "se levou" ao hospital e ficou por lá. A loja ficou fechada, ele mora com a mãe, nos fundos. Mas a mãe não entende nada de computadores. ❙

CAPÍTULO

20 O DIA

▌ Enfim, sábado.

Fiz um acerto com minha mãe, fiquei os últimos três dias sem ligar o computador, tudo para que eu tivesse direito a doze horas seguidas de conexão.

— Só se depois você ficar mais três dias sem internet.

Ela disse isso achando que eu fosse recusar. Nada. O que eu precisava era da noite de sábado.

Na caixa postal um e-mail da SCC. Era do Robô, um e-mail para o grupo. Acho que ter falado com Manolo na reunião surtiu algum efeito. Robô dizia para estarmos, eu inclusive, às vinte horas na sala. Ainda isso, agora eu também tinha direito a um e-mail da Sociedade da Caveira de Cristal. Só para os membros, que, pelo jeito, passavam de quinhentos pelo mundo.

Às oito eu estava de pijama e dente escovado na frente do computador.

Entrei na sala.

Robô: Prontos? Gato, preparado?

Gato Félix: Opa!

Mestre: Deixem tudo ligado e aberto. E para quem precisar, digam a frase encantada.

Eu já sabia de cor a frase. Óbvio que eu ia precisar, mesmo tendo passado o dia sem tomar café ou refrigerante para não perturbar o sono. Minha mãe estranhou, mas gostou da novidade. Apaguei a luz, deixei só a do abajur, barriga para cima, mãos no ventre e frase na língua. ∎

PARTE
2

A PRIMEIRA NOITE

CAPÍTULO 1

"Senhor do Sono, sou teu pote, a ânfora onde derramas o escuro teu.

Dá-me a ida e a volta, amigo meu."

A frase mal terminou e eu me vi num corredor. Logo adiante estava o Orquídea. Notei que ele e eu não tínhamos mais aparência de criança. Éramos adultos e fortes. Eu, que antes era um gordinho de suspensório, agora era imponente e de cabelo loiro, tipo estátua grega.

Orquídea, que usava muleta e bermuda florida, agora tinha pernas de halterofilista, sunga de couro e colete com franjas.

Aos poucos apareceram os demais, saídos de portas ao longo do corredor. O chão se definia conforme andávamos sobre ele. Um corredor de hotel. De chão de ar, se transformou em um piso acarpetado, na parede brilhavam caveiras transparentes num fundo preto.

O Mestre saiu por uma porta vestido de bombeiro, cheio de medalhas, melhor que a antiga gravata-borboleta. Manolo veio com a mesma roupa de antes, mas como adulto, é claro, menos a bota ortopédica que foi substituída por asas nos calcanhares.

Submarino tinha cabelo só atrás da orelha, no resto era uma careca lustrosa e enorme. Robô passou por mim com saia, blusa de couro e pelo, cabelo até a cintura, parecia um desenho, uma mulher. Ela se voltou para mim.

Robô: Corre, temos que pegar nossos objetivos.

Avancei, não tinha outra opção. Acabamos todos numa sala com cadeiras confortáveis e uma tela de cinema. Apenas seis cadeiras, coisa exclusiva. Na tela surgiu uma caveira de cristal, aos poucos o esqueleto formou um rosto de mulher.

— Bem-vindos a mais uma missão Skull. Nesta noite, enquanto o Senhor do Sono nos protege, vocês terão que decifrar um código. Desse código dependerá o salvamento de muitas vidas. Vocês conhecerão Órus14, a cidade da estrela alta. Lá estarão treze famílias que precisam ser protegidas da chegada de um perigoso grupo, que pretende escravizá-las numa missão obscura. Agora, peguem suas armas e sigam a caminho de Órus14, salvem as treze famílias.

O nome era familiar, os japoneses perdidos estiveram lá, e precisaram ser resgatados. Sinal de que o jogo era difícil.

Da sala, atravessamos uma porta, era um elevador. Subíamos, subíamos e subíamos. Só tinha um botão de destino: Órus14. A porta se abriu e nos foi entregue uma mala com nossas armas. ∎

AS ARMAS

CAPÍTULO **2**

❚ Eu tinha uma bola de ferro, com espinhos. Tudo etiquetado, não dava para escolher. Orquídea tinha um espelho. Espelho é arma? Mestre vinha com uma mangueira portátil e um miniextintor. Manolo pegou um arco e flecha, alguém tinha que ser coerente nesse jogo. Submarino foi demais, a arma dele era um kit de bolha de sabão. Coisa idiota para uma missão tão importante.

Não se salvam famílias com bolhas de sabão. Para finalizar, Robô pegou um conjunto de colar e brincos de safira. Francamente, eu estava decepcionado. Não com o jogo, mas com o nível da minha equipe. Ao menos Robô já tinha vindo com uma clave de casa.

Todos armados, hora de pegar a estrada. À esquerda de meu campo de visão, surgiram itens como numa tela de computador. Parecia um navegador de avião. Instrumentos medindo meus batimentos cardíacos; um relógio mostrando quanto faltava para acabar o jogo; nível de vida, como se fosse o nível do combustível, o que me fez pensar que deveríamos nos alimentar em algum momento.

Mestre: Todos com suas telas?
Orquídea, Submarino, Manolo, Robô, Gato Félix: SIM!

Do pequeno hall onde esvaziamos a mala, uma parede desapareceu. Estávamos à beira de um precipício, uma ponte de cordas e bambu dava acesso ao outro lado. Era o único rumo possível, o único da viagem.

Mestre foi na frente, todo seguro de si. Seguimos em fila indiana, obedientes ao destino. Não quis olhar para os lados, entre um bambu e outro percebi buracos. Olhando para o chão pude ver, bambu sim, bambu não, a altura em que estávamos. Como eu era um homem grande, meu peso fazia balançar as cordas. Todos chegaram ao outro lado, eu bambeava na ponte, faltando um terço para terminar.

Orquídea balançou a cabeça.

Manolo: De que adianta ter esse tamanho?

Nem respondi, não dava para fazer duas coisas ao mesmo tempo.

Quando cheguei, finalmente, Orquídea virou o espelho para mim.

Orquídea: Olhe-se, não acha que é muito grande para amarelar?

Mestre, que já seguia adiante, se voltou.

Mestre: Gato Félix, se está com medo, vai nos atrapalhar. Se quiser, pode nos esperar aqui. Passaremos de volta pela ponte.

Gato Félix: Não. Eu sigo. ▮

O PÁSSARO

CAPÍTULO 3

| Foi ouvindo minha voz de herói que uma coragem assombrosa me invadiu. Seguimos por um dorso de montanha. Mestre, de bombeiro, ficou com mais autoridade e liderança natural. Nossas passadas eram tão largas que andávamos a trinta quilômetros por hora. Já dava para ver a cidade ao longe, incrustada no alto de uma colina. Casas brancas, contei: treze.

Gato Félix: Será Órus14? Tem treze casas, vai ver são as famílias.
Submarino: Saberemos lá.

Nisso, pássaros voavam sobre nossas cabeças, nada preocupante. Cerca de oito, deram um canto agudo e seguiram voo. De repente, uma sombra foi aumentando no chão, estávamos debaixo de um monstro alado. Um tiranossauro com asas. Na tela, meus batimentos iam a 140 por minuto. Aposto que o coração batendo demais nos tira pontos no final. Manolo, com asas nos calcanhares, levantou um belo voo deixando os braços livres para o arco e a flecha. Acertou uma seta numa das asas do monstro. O tiranossauro voador pousou no vale, embaixo de nós, e nos dirigiu um olhar que... Deus me livre! Vi na tela a barra da vida ganhar um centímetro, bom sinal. Robô colocou um dos brincos na orelha.

Robô: Bom ficar atento, tudo ao nosso redor pode nos impedir de decifrar o código.

Uma chuva começou e foi aumentando, de tal forma, que diminuímos a velocidade da marcha. O céu derrubava gotas do tamanho de um caminhão. Em poucos minutos, o vale estava transbordando, tornou-se um lago com o tiranossauro alado debaixo dele. Era o nosso monstro do Lago Ness. A cidade ficou intacta, daí entendi sua localização no alto da colina. Ficamos os seis deitados, até estiar.

Mestre: O caminho que levava até a cidade foi inundado, temos que nadar até lá.

Nadar com aquele monstro debaixo de nós. Se isso não fosse um jogo, diria que ele teria morrido afogado, mas não é o caso. Senti dor nas canelas, a presilha da sandália tinha me ferido. A violência da água sobre os pés forçou o metal contra a pele e cortou. Ardia e não tinha água oxigenada nesse fim de mundo. E se o monstro estiver vivo e for como os tubarões, que são atraídos pelo cheiro de sangue? ▮

AVANTE

CAPÍTULO **4**

❙ Dessa vez, o Robô tomou a dianteira, com o colar e os brincos em seus lugares de direito, segurando a chave com as duas mãos, mergulhou. Batia os pés com tanta agilidade que deslizou no lago. Eu o segui. Foi cair na água e a bola de ferro me fez afundar com ela, e não é porque era um sonho ou um jogo que eu tinha fôlego. Estava prestes a engolir um balde de água, quando soltei a bola e emergi. Chacoalhando meus cabelos loiros para liberar a visão, percebi que charme eu tinha, e que músculos podem ajudar se você bota a cabeça para funcionar. Perder a arma antes de chegar à cidade me tirou um centímetro da barra de vida.

Orquídea veio atrás com o espelho para fora da água. Nadava com os dois pés e um braço, até que ia bem. Manolo foi o primeiro a chegar em terra, voou até a outra borda. Submarino entrou, afundou e não voltava, o cara não sabia nadar. Perfeito para o Mestre, bombeiro de coragem, salvou o Submarino e foi rebocando o cara até a outra beira. O kit de bolha de sabão do afogado sobreviveu porque o bombeiro o guardou no bolso da frente de seu macacão, impermeável e antichamas. O bombeiro ainda tinha suas armas amarradas ao cinto, que eram leves em relação ao seu corpo de herói.

Mestre: Manolo, como está sua barra de vida? Com asas tão pequenas, deve ter gasto um monte.

Manolo: Perdi duas partes, restam três.

A cidade nunca pareceu tão fácil de chegar, uma escada de pedra nos levava a ela. Subimos todos, Manolo foi andando para não cansar as asinhas.

Uma única rua, um único poste de luz, as casas iguais, uma delas era um banco e estava aberto.

O Orquídea avançou, tinha um banqueiro de chapéu e charuto atrás do guichê.

Banqueiro: Pois não?

Mestre: O nome desta cidade, por gentileza.

Banqueiro: Aqui é a Cidade Branca, qual estão procurando?

Submarino: Órus14, senhor.

Banqueiro: O que querem numa cidade tão distante?

Gato Félix: Distante quanto?

Banqueiro: Léguas e horas, meu querido.

Robô se aproximou do banqueiro, deu uma piscada.

Robô: Como chegamos lá?

Banqueiro: Acabei de dar essa informação a outro grupo. |

À ESQUERDA

CAPÍTULO **5**

❚ A gente se entreolhou e entendeu. Era o grupo rival, os bandidos já estavam a caminho. Teríamos que chegar antes deles para salvar a cidade. Estranhei que em nenhum momento nos foi pedido o tal código que deveríamos decifrar.

Manolo: Temos que chegar antes, pessoal.

Robô: Então, simpatia?

Banqueiro: Então que, pra terem as coordenadas, é preciso sacrificar um de vocês. Tenho muito trabalho por aqui, preciso de um funcionário. Se alguém ficar comigo ajudando no banco, eu dou as pistas para Órus14. Lá, além de fazerem o que tem de ser feito, deverão me trazer de volta o Tibúrcio, meu cavalo fujão. Assim que voltarem com ele, devolverei aquele que ficar.

Não tinha jeito, nada ao redor garantia qualquer informação. O problema era quem de nós ficaria com esse bronco.

Mestre: Orquídea fica.

Aquilo não tinha lógica, mas o Orquídea nem discutiu. Depois o bundão sou eu. Posicionou-se ao lado do banqueiro e imediatamente assumiu o guichê.

Banqueiro: Só é preciso que troque essas roupas infames. Não posso ter um funcionário de cueca.

Orquídea virou o espelho para o rosto do Banqueiro, ele reagiu mal, se defendendo da imagem.

Orquídea: Dê as coordenadas ou posso refletir o resto do teu corpo também.

Orquídea mandou bem.

Banqueiro: Primeira à esquerda.

Gato Félix: Não há nada lá, apenas o lago.

Banqueiro: Exato, sabichão, a Órus14 fica dentro da ave que vocês feriram.

Mestre: Se fosse isso, nós teríamos visto o grupo que o senhor ajudou.

Banqueiro: Sinto muito, os outros já estavam lá quando vocês apareceram.

Claro, o grupo pode ter vindo de qualquer parte do mundo onde a noite começasse mais cedo e já estar ali de velho.

Fiquei perdido, uma cidade dentro do bicho é nojento. Para entrar teríamos que matar o monstro? A cidade morreria junto? Se o grupo rival está lá, melhor manter a fera viva. Disse isso aos outros, eles concordaram. Manolo sugeriu que nos afastássemos do banco para deliberar, enquanto Orquídea já somava notas no caixa.

Orquídea: Beleza, ficar aqui sem me arriscar vai economizar meu combustível. Precisaremos dele adiante. Sigam!

E assim caminhamos pela única rua. ▌

O RECADO

CAPÍTULO **6**

Manolo: Pensem, se a cidade está dentro do monstro, nós quase acabamos com ela. Quase derrubei nossa missão com uma flecha.

Robô: Tem alguma mensagem nisso, precisamos decifrar. O tempo está correndo.

Não parecia, mas já havíamos passado mais de cinco horas para chegar àquele estágio. Exato como acontece em sonho, em que você fica horas para tomar um copo de água ou sair do lugar, imagine um sonho conjunto de seis pessoas.

Submarino: O que pode significar esse grupo, interessado em escravizar os habitantes da Órus14, já estar lá?

O bombeiro ficou impaciente.

Mestre: Significa que fomos lentos.

Submarino: Não falo por isso, bombeiro, se eles já estavam lá, quiseram nos deter quando o monstro nos sobrevoou na montanha. Talvez estivessem no comando da ave.

Manolo: Eu diria mais, que ter atingido a asa deixou ele tão frágil que agora estão todos mortos, o monstro, o grupo hostil e a Órus14!

Gato Félix: Em que lugar do monstro deve ficar a Órus14? Se for no estômago, estão protegidos dentro de uma bolsa enorme e quente. E pode ser que eles não saibam que moram num pássaro gigante.

Mestre: Como o nosso estômago não sabe para quem trabalha? Sim, como as células não sabem que somos os "donos" delas.

Manolo: Será que o monstro engoliu a cidade e está passando mal?

Então, um carteiro passou por nós e disse ter uma correspondência para o grupo. Peguei o envelope e abri:

"Façam o que foi pedido, num sonho não se escolhe a direção. Sou o pai desta seara, quanto mais obedientes, mais profundamente os levarei. Senhor do Sono."

Dessa vez foi pesado. Deu-me vontade de sair, lembrei que aquilo era um sonho. Pior, minha vontade real não conseguia entrar no Skull.

Tinha me tornado um refém deles. O melhor a fazer era tentar terminar o jogo. ▎

O LAGO

CAPÍTULO **7**

Mestre: Esperem, o banqueiro pode estar blefando, vamos tentar obter mais informações.

Voltamos e apenas o Orquídea estava no banco, com uma caneta atrás da orelha.

Orquídea: O cara saiu de férias e me deixou atolado de trabalho.

Manolo: Tá, é isso, um fiasco.

Gato Félix: E se, com o canudo do kit de bolha de sabão, a gente bebesse a água do lago?

Robô: Em seis? Vamos explodir.

Orquídea: Em seis não, em cinco; estou colado na cadeira do guichê, estarei livre quando trouxerem o cavalo do banqueiro.

Submarino: Putz! E ainda tem um cavalo dentro do pássaro.

Robô: Vocês são uns pastéis. Vamos usar a mangueira do bombeiro, vamos drenar o lago.

Mestre: Genial.

A questão era para onde drenar a água se não havia outro espaço. O bombeiro chutou para o gol.

Mestre: Vamos direcionar uma ponta da mangueira para o lago e a outra para o céu, vamos devolver a chuva.

Por incrível que pareça, funcionou. O lago foi baixando, baixando, até que vimos o monstro deitado de bruços no leito.

Aquilo voltou a ser um penhasco e a ave respirava, estava viva. Tratava-se de um anfíbio. Ficamos ilhados na Cidade Branca.

Submarino: Genial, como descemos até lá, se o lago justamente era a nossa ponte?

Manolo: Voarei até lá para averiguar.

Manolo desceu até as costas do monstro, deitou uma orelha na escama dele e ouviu barulhos intrigantes. Primeiro uma buzina, depois uma sirene de ambulância. Gritou lá de baixo.

Manolo: Órus14 tá aqui dentro.

ÓRUS14

CAPÍTULO **8**

▌ O Mestre pegou a mesma mangueira, que ficou maior depois da missão de esvaziar o lago, e descemos todos por ela. Menos o Orquídea, que cuidava da contabilidade na Cidade Branca. Ouvi um relincho, devia ser o Tibúrcio do banqueiro.

A grande ave estava de olhos fechados, uma das asas ainda tinha a flecha que Manolo atirou. As narinas se alargavam e se contraíam conforme a respiração. O Mestre fez um sinal, entendemos, entraríamos um a um pelo nariz do monstro. Fui o último a entrar. Estava escuro e viscoso, uma gosma ia até os joelhos.

Chegamos a uma bifurcação. Vindo das narinas, o ar seguia por um caminho que devia levar ao pulmão. A outra saída nos levaria ao estômago. Descemos feito água no azulejo. Caímos sentados numa praça. Lá estavam treze filas, cada uma com um velho, uma criança e um casal. Eram as famílias. O grupo rival estava lá, seis homens vestidos de branco aplicando injeções nas pessoas.

Mestre: Pronto, agora é atacar os enfermeiros e salvar as famílias.

Gato Félix: Não mato enfermeiros.

Nisso, quase tive um treco. Meus batimentos cardíacos chegaram a 160. Numa das filas, o velho era o vô Rubens. Juro. Fiquei sem fala, não podia andar até ele, como se esse caminho não tivesse sido programado. Vô Rubens não me viu, e estava quase na vez dele de tomar a injeção.

Submarino: Atacar!

As famílias não tinham nos visto, como se fosse possível cair da garganta até o estômago sem fazer barulho. Só em sonho.

Um alarme soou, mas era só para o nosso grupo. O tempo estava se esgotando, ou eliminávamos agora o outro grupo, ou ficaríamos presos no sonho como os japoneses. Pior, esperando alguém jogar a nossa sorte.

Uma bolinha vermelha piscava à nossa direita, abaixo havia um relógio digital em contagem regressiva. Ouvimos o Tibúrcio, estava amarrado num toco que era também um dos pés de um carrinho de pipoca, sem o pipoqueiro.

Se a missão era salvar aquelas famílias, eu daria meu nariz por isso, meu avô querido estava entre eles. Seja lá o que estão aplicando nas famílias, não deve ser coisa boa, afinal nosso objetivo é o bem de Órus14. ❚

MEU AVÔ

CAPÍTULO 9

Quando notaram nossa presença, já estávamos em posição de ataque. As famílias correram pela praça. O vô Rubens olhava para todos os lados, menos para o meu. Tudo bem, eu ia resgatar meu avô desses intrusos do mal, armados com seringas e caixas de isopor. Robô desacordou dois enfermeiros de uma vez, tirou os brincos das orelhas e furou os olhos dos caras. Caíram ajoelhados.

Robô: Quero ver agora pra onde vão.

Paralisados dois, faltavam quatro. Submarino sacou seu kit de bolhas e fez um ficar preso dentro de uma delas. A bolha subiu e sumiu. Manolo lançou duas flechas e acertou dois. Parecia fácil. Sem arma, eu ia no tapa mesmo. Faltava só um e o vô Rubens me veria de qualquer jeito.

No que fui para cima, ganhei uma picada de agulha e comecei a enfraquecer, minha barra de vida foi diminuindo vertiginosamente. Mestre conseguiu tirar a seringa de minhas costas, e eu soquei o enfermeiro. Eu tinha um quase nada de vida. O vô Rubens estava de costas pegando uma criança no colo.

Tentei gritar, mas a voz não obedecia ao meu comando. Talvez ele não me reconhecesse assim, alto, forte e loiro. A missão estava no fim, ainda faltava resgatar Orquídea.

Robô montou o cavalo e achou que tudo estava resolvido.

Gato Félix: Como subir até a Cidade Branca e devolver o cavalo?

O Mestre, que deixou a ponta da mangueira do lado de fora do monstro, não via solução.

Mestre: Pediremos resgate, chegou nossa hora.

Nisso, a bolinha vermelha cresceu a ponto de toda visão ficar vermelha. Ficou segundos assim, então a luz começou a ir e voltar, como se piscássemos muito rápido, até fecharmos os olhos de vez.

Quando abrimos os olhos, estávamos dentro de um elevador, o mesmo do início, mas agora ele descia, descia e descia. Um único botão indicava nosso destino: base. Ao abrir a porta, estávamos na sala enorme com as seis poltronas e a grande tela. A caveira e o rosto feminino.

— Missão parcialmente cumprida. Órus14 foi salva do outro grupo e de sua missão obscura. Mas a equipe voltou defasada. Agora, deixem uma mensagem por comando de voz para resgatar o integrante preso. Ela será divulgada nas salas de bate-papo, onde os usuários das três primeiras fases poderão salvá-lo. O Skull agradece sua noite e os espera para a próxima jornada. Ao toque do segundo sinal, gravem a mensagem de resgate.

O Mestre, então, pediu aos companheiros do Skull que estivessem on-line para comparecer à sala de resgate, a fim de trazerem Orquídea de volta.

— Obrigada pela mensagem. Agora, fechem os olhos, e que o Senhor do Sono os leve e os traga de volta.

Fechei os olhos, ao abrir, estávamos no luxuoso corredor de hotel, onde cada um saiu por uma porta. Eu fiz o mesmo. |

ACORDANDO

CAPÍTULO **10**

Acordei chamando o vô Rubens. Minha mãe estava dentro do quarto.

— Filho.

Estava com cara de preocupada e chacoalhava um termômetro.

— Você está com uma febre altíssima. Acho melhor não sair de casa.

Pronto, agora ela vai achar que estou com o Bola.

— Eu tô bem.

Falei e olhei o computador, estava apagado.

— Nem olhe pra isso, você esqueceu ligado, ficou aceso a noite toda.

— Quando desligou? Que horas a senhora entrou no quarto?

Putz, ela pode ter prejudicado vô Rubens desligando a máquina. Eu tinha sede e me sentia mole, estava mesmo com febre. A sorte foi que a temperatura foi baixando, a Senhora de Vidro sossegou.

— Sonhou com o vovô?

— Sonhei, ele tá bem.

Ela sorriu, acho que muita coisa passou pela cabeça dela. O que sei é que será uma angústia esperar uma semana para rever o vô Rubens. Ele precisa me ver, achei o rosto dele preocupado.

A semana seguiu complicada.

Minha mãe controlava à risca minhas três horas diárias. Essa mixaria não foi suficiente para eu me encontrar com o grupo no começo da semana. Estava me segurando para não ligar para Mateus.

Ele conhecia meu avô de vista, queria saber se ele também o havia visto. Recebi um e-mail do Skull, dando parabéns pela primeira viagem, era desses e-mails que mandam para todos, assinados "atenciosamente, o programador".

O que eu pudesse fazer para entrar no jogo eu faria. O vô Rubens precisa de mim na Órus14. Sim, eu também precisava saber se o jogo continuaria dali, ou se entraríamos em outro lugar, com outro objetivo, outro tudo. Não aguentei, liguei.

— Chama o Mateus.

— Mateus tá no hospital, febre alta.

— Fala pra sua mãe que a febre vai baixar, pra ele voltar, periga ser contaminado no hospital.

— Como você sabe que não é o Bola?

— Eu estava com ele ontem.

Samara consegue tirar de mim o que quiser, sem pedir.

— Ele não saiu de casa ontem.

— Falei com ele pelo computador. Se liga, eu também tive febre, nem toda febre é o Bola.

Ela ficou muda, acho que me estranhou falando tão rápido e seguro.

— Tudo bem aí?

— Muito bem, vi meu avô.

SAMARA

CAPÍTULO 11

Vou contar tudo para essa mulher, mesmo namorando o Rodolfo, que eu sei que ela vai abandonar. Skull está me fazendo ver as coisas. Nada como ser herói por uma noite. E se a Samara também jogasse o Skull, ficássemos no mesmo grupo? Salvaríamos pessoas, coisas, o que pedissem.

— Você viu? A escola vai ficar fechada por dois meses. — Ela mudou de assunto, deve ser por causa do Rodolfo.

— Por quê?

— Acorda! O bairro tá isolado, escola fechou, comércio aberto só pro abastecimento básico. Em que mundo você tá?

Tive uma tontura, botei a mão na testa, eu estava quente.

— Tenho que desligar.

Minha mãe estava na área de serviço recolhendo lençol seco.

— Mãe, tô quente.

Ela me pediu para deitar no quarto, mediu a temperatura e me deu outro comprimido. Minha febre, se não era o Bola, era emoção de ter encontrado vô Rubens. Preciso falar com Mateus, e ele preso num hospital.

O comprimido fez efeito, ouvi do quarto minha mãe chorando na cozinha. Eu poderia dizer que há um jeito de rever o pai dela, botaria minha Senhora de Vidro de cara com o Senhor de Cristal. Ensinaria o básico do computador e ela ficaria tão feliz quanto eu.

Mas era capaz de ela achar que estava delirando, duvidaria que a febre estava mesmo baixa e me mandaria ao hospital. O telefone tocou, era Mateus.

— Me ligou?

— Liguei. Não posso ficar nas reuniões do Skull, minha mãe tá controlando o computador.

— Relaxa, moleque, a gente se vê no sábado.

E desligou. Como Robô ele é bem mais sociável.

Samara me mandou e-mail com uma única pergunta: "Você está no Skull com meu irmão?". Respondi no ato: "Sim".

Ela queria falar comigo pessoalmente. Sugeriu que falássemos na reunião do bairro, que seria logo mais. Depois do Skull, minha vida é esse movimento. ▮

O SEGREDO

CAPÍTULO 12

▌ Chegamos os três, minha mãe, meu pai e eu. Samara estava sem o Rodolfo e com a mãe ao lado. Deixei meus pais no banco da frente e fui para o fundão. Samara disfarçou com a mãe, sentou-se ao meu lado. Eu não sabia o que falar, nem como. Fiquei com as mãos no meio das minhas pernas finas.

— Meu irmão me fez prometer que eu não ia falar com você nem perguntaria nada sobre Skull. Promete que nunca vai dizer pra ele que a gente se falou.

Não dava para medir, mas meu coração deve ter ido a duzentos. Um segredo com Samara, até isso o Skull me trouxe.

— Depois que Mateus se meteu nisso, ele mal conversa com a gente, fica gripado direto, piorou na escola. Agora é você quem tá estranho.

— Não se preocupe, é um jogo. Por que você também não entra?

— Nem pensar, só quero meu irmão de volta.

— Ele tá bem, eu também, tudo certo.

— E como é o jogo?

Contei tim-tim por tim-tim.

Ela ouviu calada e me agradeceu. Acabou a reunião, quem estava na saída? Rodolfo. Eles se abraçaram e seguiram. Eu sobrei, para variar.

Minha mãe desligou a televisão e começou um jogo de cartas com meu pai. O clima estava feio, ela se recusava a ver ou ouvir notícias do mundo. O telefone não parava, as vizinhas sempre tinham uma novidade, a última era uma simpatia contra o Bola. Minha mãe fez: cortou um mamão pela metade, tirou as sementes, botou pipoca e moeda dentro. Era para evitar o Bola em casa.

Só mais dois dias e, enfim, o sábado.

Odiei Samara, até chegar outro e-mail dela: "Precisamos conversar".

Já a amava outra vez. Ela devia estar indecisa entre nós dois, avaliando vantagens e desvantagens. Respondi que podia ser por e-mail mesmo. Ela insistiu que fosse pessoalmente, achava que Mateus pudesse desconfiar, ela apagava todas as nossas mensagens. Um amor proibido, o nosso.

A gente se encontrou de manhã, na padaria, para não levantar suspeitas. Minha mãe deixou que eu saísse, até me incentivou. Na fila do pão, Samara falava muito séria, especulava sobre o Skull.

— Se o monstro for a humanidade? E Órus14, a cidade e as famílias, uma doença?

— Que é que tem? — perguntei.

— Tudo isso acontecendo, você e o Mateus parecem uns zumbis. Esse jogo é do mal.

Que absurdo. Nada a ver, ela está misturando as coisas. Tenho que agir com tato nesse momento. Era preciso que eu colocasse um limite em Samara. Ela ficou quieta e pediu os pães que a mãe encomendou.

Tomei coragem e falei.

— É jogo, em jogo rola de tudo.

Voltei para casa sem pensar nela, só no que ela disse. Que viagem. Samara achar que o jogo não é bom para nós num momento como esse, que devemos ficar no mundo real.

Com o Bola, as pessoas estão pirando. Como minha mãe. O vô Rubens diria para mantermos a calma, ver para onde o vento sopra e corrigir as velas.   ∎

PASSAPORTE DE CRISTAL

CAPÍTULO **13**

▌ Amanhã é sábado.

A Senhora de Vidro foi relaxando a patrulha, estava ficando mais aérea nos últimos dias. Entrei na reunião da Sociedade da Caveira de Cristal. Estavam lá os de sempre e uns novatos. A cada reunião, mais novos integrantes.

Nem estou nos níveis avançados e mal posso esperar para jogar. Imagine os veteranos. Robô e Manolo estavam na sala. Todos se saudaram. Eu de fato estava com saudades, eram irmãos que não tive, com uma vantagem: não preciso dividir o quarto nem o computador.

Robô: Orquídea foi resgatado em tempo recorde, um grupo alemão não levou cinco minutos pra tirar ele do banqueiro.

Manolo: Hoje tem novas coordenadas.

Gato Félix: Como você sabe?

Manolo: Tô sentindo.

O Senhor de Cristal finalmente entrou na sala. Adoro entrar antes de ele aparecer, dá para ler a conversa dos outros. Só falam do Skull, nada pessoal, nunca.

Senhor de Cristal: Amanhã teremos uma missão comum a todos os grupos deste hemisfério.

Gosto disso.

Senhor de Cristal: Todos já conhecem a Órus14 e os rivais que precisam ser eliminados, os Homens de Branco. Da quarta à décima fase, antes da obtenção do Passaporte de Cristal, as dificuldades variam conforme o tempo de jogo e as individualidades que o grupo sugere ao programa. Amanhã, todos os níveis terão de eliminar o mesmo inimigo, que agora virão aos milhares, não mais em seis. Os Homens de Branco estão se fortalecendo, o objetivo deles é nos eliminar. Amanhã nossas forças estarão unidas para detê-los. A conclusão da missão dará direito ao Passaporte de Cristal.

Almirante: Senhor, o que é o Passaporte de Cristal?

Boa, eu também queria saber.

Senhor de Cristal: O Passaporte qualifica o usuário para receber um treinamento e ser um dos nossos.

Poxa, não somos?

Urubu: Já não somos todos Caveiras de Cristal?

Senhor de Cristal: Há uma hierarquia. Até a terceira fase, vocês são crianças no Skull. Até a décima, são adolescentes. Com o Passaporte, atingem a maioridade e passam a receber acesso às informações privilegiadas.

Napoleão: Como ficarão os da quarta fase se forem bem amanhã? Não passarão pelas demais etapas, como eu, por exemplo, que estou na oitava? Irão direto para o Passaporte?

Senhor de Cristal: Não são apenas vocês que estão se desenvolvendo, mas também o próprio Skull e seu criador. As regras foram pensadas para administrar as forças dos usuários, no início desconhecidas para o Skull. Mas, atenção, amanhã a missão será extraespecial. As regras prevalecem. ▎

SIGNO DE PEIXES

CAPÍTULO 14

Desliguei o computador, porque minha mãe parou atrás da porta do quarto, saquei a sombra dela esparramada no chão. Ela anda nervosa, melhor não abusar. Na verdade, nunca abusei. Nunca briguei com minha mãe, como já vi alguns amigos brigarem com as suas. Não que eu seja perfeito, nem a Senhora de Vidro. É que não gosto de perder tempo, prefiro economizar o meu, uma discussão com a mãe pode custar dias.

Ela ouviu o som do computador desligando e saiu de trás da porta. Preciso falar com Samara, ela pensa que estou fora da realidade. Mas ela quer que eu faça o quê? Jogue baralho com meus pais? Diz que Mateus e eu nos isolamos, mentira. O que fazemos é formar grupos, lidar com as pessoas, viver. Ela não pode condenar um jogo de computador sem jogar antes. É isso, preciso convencê-la de que pode vir com a gente. Depois resolvemos se é bom ou não.

O que Samara sabe da vida? Ela tem a minha idade, e daí? Treze anos é complicado, ninguém acredita. Por ser menina, ela tem medo da nossa idade, da nossa liberdade. Quando morarmos juntos, ela vai pedir desculpas por ter namorado Rodolfo. Vai cair na realidade, na minha realidade. Samara é mais linda que as heroínas. Rodolfo não é para ela. Ela precisa de um cara como eu.

Enfim, sábado.

Comemos lasanha e tomamos refrigerante. Meu pai ligou a televisão, passava um filme de natureza, desses que o cachorro fala com um gato. Depois me tiram de alienado, esses troços.

Minha mãe folheava uma revista de novelas e perguntou se eu queria saber meu horóscopo. Sou peixes. A previsão era de que a semana seria repleta de embates emocionais, descobertas e mudanças de ponto de vista.

Tinha a ver com a Samara.

Eu acredito em horóscopo e não digo a ninguém. Minha mãe lê para mim desde os meus seis anos, ela adaptava. Se estava escrito "ambiente profissional tranquilo", ela falava, "balanço do parque sem fila". Eu gosto porque ela sempre adiciona umas coisas para me deixar contente.

Peguei a revista mais tarde e vi que ela leu de forma literal. Ela não está bem. ▍

A SEGUNDA NOITE

CAPÍTULO **15**

❚ Hora de entrar na sala da Sociedade da Caveira de Cristal. Meu grupo já estava lá. Entrei e fiquei quieto, o horóscopo mexeu comigo.

Orquídea: Há quanto tempo vocês não sonham?
Submarino: Desde que entrei no Skull, há três meses.
Manolo: Pode ser que a gente não lembre o que sonhou.
Robô: Pra mim tanto faz lembrar ou não, bela porcaria.
Mestre: Sonhamos sim, mas só aos sábados.

Eu não sonhava também, nem com Samara, não tinha me dado conta. Bom do sonho é que nele Samara me ama de verdade.

"Senhor do Sono, sou teu pote, a ânfora onde derramas o escuro teu.
Dá-me a ida e a volta, amigo meu."

E lá estávamos os seis no corredor de hotel. Todos com as mesmas características físicas e roupas, com a diferença de um medalhão em formato de caveira no pescoço.

Na sala de cinema não eram seis cadeiras, mas umas trezentas que iam sendo ocupadas aos poucos. A tal missão utilizaria um exército de integrantes da Sociedade da Caveira de Cristal. O rosto apareceu na grande tela.

— Bem-vindos a mais uma missão Skull. Pelos braços do Senhor do Sono, seremos levados ao apogeu, aos palácios de seu reino. Reunidos aqui, experimentaremos as noites do mundo se encontrando. A noite de cada um numa só noite. Será apenas uma batalha para salvar Órus14 dos Homens de Branco. Peguem suas armas e sigam para Órus14.

Entramos no elevador, nele cabiam seis pessoas, devia ir um grupo por vez, sei lá, isso é um sonho. Subimos com o botão Órus14 aceso no painel.

A porta se abriu, e eis nossas armas. Orquídea, que na outra vez ficou com um espelho, agora tinha um compasso. Mestre, uma enorme escada de bombeiro. Robô, a mulher, veio agora sem a chave e com uma coroa de Cristo, só que de ouro e com os espinhos externos, para não ferir. Submarino tinha um bambolê verde. Manolo, uma rede de nylon. Eu, um estilingue enorme e um saco de paralelepípedos. Com minha força, o peso era de bolinhas de gude.

Nisso, os controles surgiram: marcadores de tempo, batimentos cardíacos, nível de vida e até de água no corpo.

Mestre: Prontos? ▌

O CÍRCULO NEGRO

CAPÍTULO **16**

❙ No que olhei, estávamos num gramado, o céu clareando, era dia. Ao redor, um muro branco: estávamos dentro de um campo redondo.

Submarino: Os outros jogadores devem chegar a qualquer momento.

Já dava para notar, ao longe, pessoas andando de um lado para o outro.

Robô: Vamos caminhar em linha reta, em alguma direção, qualquer uma vai dar no muro.

Conforme seguíamos, nos aproximávamos dos outros jogadores; as pessoas pareciam maiores, mais, tinha gente parecida comigo. Todo moleque quer ser homem logo. Muitas mulheres, gente mais velha com cara de Einstein ou de presidente. Só não tinha criança nem animais.

As armas me deixaram intrigado. Iam de dinamite a bandeja de quindim. Algumas pessoas esbarravam em nós, acho que por dificuldade de andar em sonho.

Levamos duas horas para nos aproximarmos do que parecia ser um muro. De perto, a realidade: era uma arquibancada. Estávamos numa arena, numa espécie de Maracanã. Na arquibancada, começaram a entrar chimpanzés de cartola preta. Iam em fila ocupando os assentos.

O Orquídea seguiu em frente, nós fomos atrás dele. Os chimpanzés estavam sincronizados, faziam a mesma coisa, juntos. Coçaram com a mão direita à testa. Tiraram a cartola da cabeça e, de dentro dela, um chiclete. O barulho de milhares de chimpanzés desembrulhando chicletes cor-de-rosa. Todos mascando e rindo ao mesmo tempo.

Manolo: Eles são mais numerosos que nós, mesmo com todos os participantes, não vamos encher o campo.

Gato Félix: Se eu mirar bem, um paralelepípedo acerta dois.

Mestre: Nosso problema não deve ser os chimpanzés.

Na arquibancada surgiram milhares de pontinhos cor-de-rosa, que foram crescendo, até que inúmeras bolas cobriram a cara dos macacos. Eram bolas de chiclete que eles enchiam com o ar dos pulmões. Uma ao lado da outra, elas deram aparência de edredom à arquibancada. Se aquilo fosse um sonho só meu, em que eu pudesse fazer o que quisesse, me jogaria contra o edredom, estourando as bolas com o peso do meu corpo. Como se estoura com os dedos um plástico-bolha. ▌

A GOMA DE MASCAR

CAPÍTULO 17

Orquídea: Óbvio. Vou usar meu compasso.

Orquídea se afastou de nós; como ele, muitos. Foi em direção ao muro. Para alcançar a primeira fila de chimpanzés, teria que pular uns bons cinco metros. O Mestre, desanimado, foi atrás do Orquídea, com sua escada retrátil de bombeiro. Outros jogadores tiveram a mesma ideia: uma fileira de escadas foi se encostando na arquibancada. Compasso mesmo quem tinha era só o Orquídea. Os outros iam se virar com palito de dente, alfinete e grampo de cabelo.

As bolas cresciam, iam ficando transparentes. Os chimpanzés sopravam com força e sem parar. Claro, o que era doce se acabou, as bolas explodiram todas, de uma vez.

Com o estrondo, as escadas caíram, quem estava nelas também. Pedaços de chiclete voavam sobre nossas caras. Chuva tutti frutti. Os chimpanzés lambiam os beiços e voltaram a mascar o que sobrou dentro da boca. Iam repetir a dose.

Robô: Isso tá virando palhaçada.
Manolo: Já sei o que está acontecendo.
Gato Félix: Falaê.
Manolo: Com tantos usuários, o servidor está lento. Resultado: a tarefa está demorando para carregar nos nossos cérebros.

Gostei do Manolo. Fazia sentido a explicação. Os macacos nada tinham com a gente. Mestre e Orquídea voltavam mais devagar do que tinham ido, com os braços abertos para manter o equilíbrio, pisando nos chicletes pelo chão, o pé grudava e desgrudava, deixando os passos lerdos.

Submarino: Melhor a gente ficar parado, pra não pisar em nenhum.

Debaixo do meu pé não tinha chiclete, mas em cima, a chuva rosa ainda caía.

Robô: Tem dois no meu cabelo.

Robô ia tirando as gomas dos fios com violência, gritava de dor com o próprio puxão no cabelo.

Robô: Alguém pode me ajudar?

Os fios de cabelo não saíam da cabeça como sairiam numa situação normal. Quer dizer, normal não é. Coisa de sonho, tudo aquilo era desenhado, puro design. Nenhuma linha ia sair do lugar porque o jogador assim quisesse. A programação colocava limite.

Robô: Vai fazer nada, Gato?

Gato era eu, devia ter me cadastrado como Félix, sem o Gato. Todo mundo ia saber que era o gato, sem ter que me chamar de gato.

Gato Félix: Se eu andar, posso ficar atolado.

Sério, a essa altura, muitos se atolaram nos chicletes, que endureciam conforme eram pisados. De lentos, iam ficando imóveis. Sorte que o Orquídea e o Mestre estavam a dois passos de nosso grupo.

Mestre: Três horas só nisso.

Orquídea: Pelo menos o fracasso é coletivo, ninguém foi resgatado por disco voador, dragão ou fada. Todo mundo na gosma.

Robô: Orquídea, corte aqui essa mecha com o compasso.

Orquídea passou a ponta da arma entre os fios do Robô, conseguiu tirar o excesso de chiclete. Minha adrenalina estava baixando com aquela pasmaceira. Parecia domingo, sem fazer nada. Chiclete ainda caía do céu. Os chimpanzés mascavam. Tiravam a cartola da cabeça, desembrulhavam as gomas, botavam na boca. O bocado da goma antiga misturando com a nova, quantos chicletes tinham na cartola?

Manolo: Não creio. Mais chuva.
Submarino: Esse jogo deu pau.

CAPÍTULO 18

A SAÍDA

I Tive uma ideia e fiquei quieto. Ia esperar as bolas explodirem, na minha. As circunferências estavam enormes, pareciam macacos com capacetes cor-de-rosa, e... pum! Uma massa elástica pelos ares. Fechei os olhos e deixei cair pedaços dentro da minha boca.

Submarino: Isso tá cheio de baba de chimpanzé.

Robô teve ânsia de vômito. Manolo tapou os olhos. Orquídea virou-se para outro lado.

Mestre: Gênio!

Ideia boa é ideia calada, diria o vô Rubens.

Aliás, aposto como foi o vô Rubens quem me inspirou a ideia. Afinal, tenho células dele em mim, a ciência prova e demonstra.

Os chimpanzés já tiravam da cartola outra embalagem, versão menta. Masquei o chiclete, estiquei com a língua até formar um espaço, para, com meus pulmões de herói decente, encher a bola até estourar. Centenas de jogadores repetiam a estratégia de tentar subir nas arquibancadas e alcançar algum macaco. Alguns atiravam neles e nada. Os chimpanzés não caíam mortos, só as bolas é que se rompiam, formando a mesma chuva que se formaria sem os tiros. Com uma diferença, o chimpanzé atingido dava aquela risadinha de circo. Irônico, tirando uma.

Minha bola não era fácil de ser preenchida pelo ar — que não sei se vinha dos pulmões, vamos ser francos. Podia ser o básico da programação, e eu, ao agir de modo não projetado, alteraria o dinamismo do jogo. O Senhor de Cristal não precisava daquele monte de panacas fazendo uma besteira atrás de outra. Mas ele não podia reclamar, aquilo lá era jogo, cenário, desafio?

Mestre: Gato Félix, você é gênio, moleque.
Submarino: Tô esperando pra ver.

Quanto mais soprava, mais elástica ficava minha bola. Gigante, virou um balão, cujo cesto era eu. Ou seja, comecei a flutuar, sair do chão, mais soprava, mais leve meu peso ficava.

O Mestre batia palmas. Outros jogadores, percebendo o que estava acontecendo, tentavam copiar. Robô limpava com a barra da saia os pedaços de chiclete do braço.

Manolo: Eu espero aqui.
Mestre: Vamos! Isso é uma ordem de líder, todos mascando.

Ao subir, notei a extensão do campo oval em que estávamos. Enorme, tinha muita gente, mil, milhares, não consigo calcular. Dois, três estádios de futebol, por aí. Toda a população de chimpanzés que a Terra já teve.

Eis que, duvido que alguém adivinhe. ❚

CAPÍTULO

19

A OUTRA DIMENSÃO

O estádio gigantesco era nada mais que uma caixinha de música em cima de uma cômoda. Inacreditável! Éramos seres minúsculos, de nada adiantavam meus músculos, os paralelepípedos.

Uma caixinha de música impensável. Macaco no lugar da bailarina, e não só um, vários. Com uma manivela, a dona do brinquedo faria tocar música conforme os macacos mascassem. O movimento dos maxilares acionaria uma valsinha de vovó.

Pousei ao lado de uma colônia verde. Atrás de mim vieram Orquídea, Manolo, Robô, Mestre e Submarino, nessa ordem. Manolo derrubou um brinco de pérola: ele pousou bem na beirada, por medo de cair, girou os braços e esbarrou naquela bolona. Não disse que era dona, e não dono? A pérola tinha diâmetro para cobrir nossa barriga. Ele quase rolou abaixo com a joia, a sorte foi o Mestre, todo bombeiro, puxá-lo pelo braço.

Submarino: Não tô acreditando.
Manolo: Nunca sonhei um negócio desse.
Mestre: Respirem.

Nisso, outros jogadores pousavam pelo móvel. Se todos conseguissem vir para cá, não caberíamos naquela superfície.

Robô: Gente, pra mim chega. Cadê Órus14, os Homens de Branco? Cadê luta, embate?
Mestre: Tá respirando?

O Mestre tentava acalmar a equipe. Se alguém se exaltasse demais, perigava acordar, e babau jogo. Um jogador de capacete e vara de pescar se aproximou de nós.

Samambaia: Perdi do grupo, acho que não vão conseguir subir até aqui. Nem todo pedaço de chiclete é suficiente pra voar. Muita gente lá dentro não consegue sair. Tá uma loucura.

Mestre: Sinto muito pelo seu grupo.

Samambaia: Vocês tiveram sorte, posso me juntar a vocês?

Mestre: Somos praticamente uma única equipe, como orientou o Senhor de Cristal.

Tá, isso é muito bonito. Mas achei confuso. ▌

CAPÍTULO 20

A CÔMODA

No nosso campo de visão, havia um lustre branco no teto, desligado. A gente se via por uma luz de abajur, que devia estar sobre alguma mesinha de canto, mais baixa. Adiante, uma porta fechada. Num canto, duas pontas de madeira que, ligando os pontos, devia ser o encosto da cama.

Mestre: Devemos ficar escondidos, alguém pode abrir a porta. O mal pode vir de qualquer lado.

A cômoda estava mais para penteadeira, não fosse a ausência de pentes e escovas, apesar da colônia. Tinha uma pilha de papéis, contas a pagar.

Mestre: Gato, parado aí de boca aberta? Abrigue-se.

Ele tinha razão. No jogo, ficar viajando não levava a nenhuma ação imediata e concreta, como, aliás, acontece quando estou acordado. O Mestre devia ser obedecido, eram as regras. Além da pilha de contas — pagas, tinham carimbos bancários —, duas canetas azuis, um copo com água pela metade, a caixinha de chimpanzés e a colônia.

Todos se esconderam atrás das contas, eu segui a turma. Ajeitei-me entre Submarino e Manolo. Robô inspecionava as unhas. O Samambaia se ofereceu para ficar de guarda, qualquer sinal estranho, ele avisaria.

Orquídea: Temos quanto tempo?

Mestre: Preocupante, duas horas pro fim do jogo.
Gato Félix: Esse Samambaia é confiável?

Falei baixinho, o Samambaia não estava por perto.

Manolo: Estava com a gente até agora no campo de macacos.
Robô: Quem garante que todos ali eram nossos?
Gato Félix: Ninguém.
Mestre: Fiquem aqui, vou dar uma olhada nele.

O bombeiro saiu com passos leves, tentando não ser visto pelo novo amigo. Voltou de olhos arregalados.

Mestre: Ele não está mais na cômoda!
Robô: Ih!
Mestre: Vamos, com nossas armas, desbravar este quarto.
Manolo: Enfim, uma ordem de líder.

Manolo saiu apressado, como se estivesse esperando essa ordem e não pudesse, sem ela, sair do lugar. Mestre ficou furioso com a cutucada, mas não tínhamos tempo para discussões. Tínhamos uma missão pela frente e não a víamos.

Juntamos nossas armas: estilingue e paralelepípedos, compasso, escada, coroa de ouro, bambolê e uma rede de nylon.

Mestre: Vamos descer da cômoda apoiando onde der, as armas não vão ajudar. Vamos averiguar todo o quarto.
Submarino: Mais fácil a gente se jogar daqui de cima.
Mestre: Vamos pensar.

Pensar outra vez, era uma partida para usar a mente e alguma sorte, se a tivéssemos. ❚

CAPÍTULO 21

O QUARTO

Robô sugeriu que descêssemos e, lá embaixo, abríssemos a rede de nylon. Ele se jogaria lá de cima, a rede seria sua segurança. Ninguém lhe deu atenção. No outro jogo ele estava mais esperto, o Mateus já foi melhor.

Mestre: Amarramos o bambolê na ponta da rede, que vamos prender na cômoda pela ponta do compasso. Para o compasso não cair, colocamos os paralelepípedos em volta, fazendo peso. Sem erro.

Fomos pegando os trecos para montar a engenhoca, não se desacata um bombeiro. Robô se afastou e foi até a beirada do móvel, espichou os olhos para baixo.

Robô: A cômoda tem puxadores. São seis gavetas, seis andares, a escada do Mestre nos leva a cada puxador, vamos de andar em andar até o chão.

Era tão óbvio aquilo que deixamos as armas sobre o móvel, partimos imediatamente para a ideia simples e certeira de Robô. Agora sim, o Mateus que eu conheço, irmão da Samara, mora no meu bairro, pô.

O bombeiro, claro, desceu primeiro.

Mestre: Aqui não tem superfície para os seis esperarem a escada ir ao próximo puxador.

Nisso Robô não tinha pensado. Não discutíamos as ideias, simplesmente as cumpríamos por falta de tempo. Ainda mais que o Skull dependia, nesse instante, de nós seis. Éramos os mais adiantados na partida, os pioneiros.

Submarino: Pegaê, Mestre.

Ele jogou sua arma, o bambolê verde.

Submarino: Pendure o bambolê, vamos segurar nele até que a escada avance outro puxador.

A escada tinha a medida exata de um puxador a outro, nosso problema era só uma superfície que nos sustentasse. Sobre o puxador cabiam três, o restante se pendurava no bambolê, encaixado no puxador de madeira. Com cinco no bambolê, o último que ficava no puxador, com os braços livres, posicionava a escada até o próximo patamar. Com três no puxador de baixo, no limite, os pendurados iam para a escada, um a um. O último pegava o bambolê, passando-o de um para outro até que alguém, sobre o novo puxador, o posicionasse mais uma vez. Deu certo.

No segundo andar olhei para o quarto. Uma mesinha de canto com o abajur que nos iluminava e um telefone sobre ele, tapete felpudo, cama de solteiro com edredom xadrez e pantufas perto da cama.

Todos atentos às manobras, parecíamos trapezistas de circo, força e rapidez nos movimentos. Eu passaria a vida nisso.

Submarino: A Órus14!

Sim, a própria, o nome escrito à mão numa etiqueta colada na gavetinha da mesinha. A Órus14, dessa vez, estava em uma gaveta. Melhor que dentro de um pássaro. Com os músculos trabalhados, subir ali ia ser mole. Perto da cômoda, a mesinha era baixinha. Dois lances de escada e estaríamos na gaveta, na Órus14. █

CAPÍTULO

22 A GAVETA

A gaveta não estava de todo fechada. O pequeno vão, que não deixaria entrar um dedo, era suficiente para passar Robô e seus cabelos esvoaçantes, sem embaraçá-los.

O que parecia gastar dois lances de escada, resolveu-se com apenas um. A escada foi suficiente para deitarmos na borda da gaveta numa tacada só. Não era muito funda, mas escura. Tive aflição de jogar o corpo dentro daquela caixa de madeira.

Mesmo com todo o mistério, era só um quarto, e não havia charada alguma nisso. Uma etiqueta, feito placa de trânsito, orientando a qualquer um o paradeiro de Órus14. Claro, qualquer um que chegasse até aqui.

Mestre: Gato, desça imediatamente!

Todos estavam com o Mestre dentro da gaveta, só dava para ver quem estava perto do Robô, sua coroa de ouro iluminava as coisas próximas.

Mestre: Desça! Precisamos empurrar a gaveta para iluminar aqui dentro.

Boníssima ideia. Caí com elegância perto do Manolo, eu tinha suspensão nas pernas. Empurramos com força a parte da frente da gaveta. Ouvimos o ruído da madeira roçando, depois um barulho nítido de vidro se quebrando, outro em seguida. Olhamos para o fundo, com o pouco de luz que entrava, e reconhecemos:

Samambaia, agora vestido de enfermeiro. Ou seja, ele era um Homem de Branco.

Ele estava ao lado de dez ampolas, tinha uma na mão, duas estavam espatifadas no chão. Ameaçou quebrar a terceira, e o fez. Caquinhos alcançaram nossos pés. Apesar de não ser muito alta, a gaveta era comprida. O Homem de Branco estava ao fundo, sorrindo. Não dava para enxergar o conteúdo das ampolas.

Mestre: Enfim, nossa missão se ergue!

Manolo: São treze ampolas, as treze famílias. Como as famílias couberam nas ampolas?

Submarino: Se estamos na Órus14, as ampolas só podem ser as famílias.

Robô: Ele já eliminou três.

A gente se posicionou em fileira contra o inimigo. Ele não conseguiria passar. Nem que um de nós sofresse alguma agressão. O Skull precisava de nossa coragem. O cretino pegou a quarta ampola, pudemos ver pessoas ainda menores que a gente, dentro delas. As famílias estavam lá. ▮

CAPÍTULO 23

HOMENS DE BRANCO

▌ Salvo a escada do Mestre, o bambolê do Submarino e a coroa do Robô, as outras armas estavam sobre a cômoda, longe demais. Pior, a escada estava do lado de fora da mesinha. Submarino deixou o bambolê sobre o carpete, uma arruela à toa que a dona dos brincos não ia enxergar sem óculos. A única arma disponível era a coroa de ouro, que, para ser chamada de arma, tinha espinhos do lado externo. Ficamos parados enquanto Robô foi na frente, com cara de piedade.

Samambaia: Saiam da minha frente, ou meus amigos tirarão a escada que vocês deixaram lá fora. Eu tenho como sair, vocês não.

Mestre: Largue as ampolas. Tá blefando, não tem ninguém lá fora.

Samambaia deu uma gargalhada. Jogou a quarta ampola contra a parede da gaveta. Ao quebrar, muitas das pessoas, muito menores que nós, não resistiram à queda, nem à violência do golpe. Um massacre.

Num susto, lembrei. O vô Rubens! Em qual dessas ampolas estará meu vô Rubens? Fui olhando para o chão, alheio ao resto, procurando pelas pessoas das ampolas quebradas. Algumas estavam zonzas, ninguém se parecia com meu avô, nem em idade.

Bem perto do oponente, Robô tirou a coroa da cabeça. Levou, sem que o oponente notasse, a coroa para trás. Fez o recuo do golpe, e pá! Cortou o rosto do Homem de Branco com os espinhos. Pelo corte, sim, era uma arma decente. Ele foi para o canto, cobrindo o rosto com as mãos.

Todos nós pegamos as nove ampolas que sobraram e corremos para o começo da gaveta. Uma puxada brusca, como um terremoto, nos jogou no chão, uma ampola se quebrou. Tudo ficou mais claro, a luz do quarto acesa, um rosto gigante, camisa branca e luvas cirúrgicas. Um Homem de Branco gigante. Então naquela cama dormia um cara e ele usava pantufas e guardava pérolas.

Direcionou os dedos emborrachados sobre nós. Cobri minha cabeça e corri para o fundo.

Um toque de telefone soou, logo acima tinha um aparelho preto. Tocou mais uma vez. O gigante fechou bruscamente a gaveta e atendeu. Não podíamos compreender o que ele dizia, parecia um rádio mal sintonizado. Decerto, não estávamos preparados para decodificar a linguagem do oponente. Eles deviam ter seus recursos de proteção.

Novamente no escuro, agora de vez. Silêncio total. Pior, a luz vermelha indicando o fim do jogo já surgia nervosa, a partida estava acabando. E o que seríamos nós para o Skull? Fracasso absoluto. Vergonha. Fiasco. Fui tateando o chão até encostar na parede. Antes, meus dedos passaram por alguma coisa que se movia, alguém, pedindo socorro. Era um grito, mas muito baixinho, porque a garganta do ser era minúscula. Apanhei o que parecia ser algum sobrevivente das ampolas e o aproximei do meu ouvido.

— Meu neto.

— Vô? — falei baixinho, nervoso, afrouxando meus dedos. O vô Rubens tinha dor na coluna, eu podia machucá-lo.

— Ouça seu avô: o tempo está se esgotando. Tem que acabar com a Órus14. A missão da Sociedade da Caveira de Cristal é eliminar a humanidade. Os Homens de Branco não são nossos inimigos, eles são do bem, estão tentando nos salvar. A vida do planeta está em suas mãos, Vítor. ∎

A FEBRE

CAPÍTULO 24

▎Acordei. A Senhora de Vidro já estava na sala com a tevê ligada, eu podia ouvir o noticiário, o ritmo dos repórteres — eles falam todos do mesmo jeito. Como não veio me acordar, continuei na cama, inclusive com as mãos sobre o umbigo. Vai que eu tiro e alguma coisa acontece, a cama quebra, o jogo termina. O jogo terminou? Nunca mais vou tirar as mãos da barriga. Nunca mais. A missão foi um desastre. Estou fora da Sociedade da Caveira de Cristal. No lugar do Senhor de Cristal, eu me despejaria. Agora. Eu e aquela equipezinha lenta que eu arrumei. Vô Rubens. Olhei para o lado, o computador ligado, com a ventoinha funcionando para refrescar o bichão. Vô Rubens. Robô é o Mateus, Mateus é irmão da Samara. Vô Rubens. Um Homem de Branco igual o gigante do pé de feijão, a televisão desligou. Vô Rubens. O telefone tocou, o Homem de Branco está aí? Ei, minha mãe atendeu o telefone. Não. Esse telefone é dos oponentes! Não, mãe, não.

— Calma, filho.

Eu tremia de febre. Estava delirando.

— Relaxe os braços, menino, parece que você está enfaixado. Olhe aqui, está fervendo, 39 graus.

A Senhora de Vidro chacoalhava o termômetro, pareciam cinco na mão dela, lembrava as ampolas.

— Não pode chacoalhar, as famílias estão aí dentro.

— Seu pai foi buscar o remédio no banheiro, calma, isso aqui é pra medir a febre, respira, Vítor, olhe pra mamãe.

Ela guardou o termômetro em cima da mesinha de canto.

— Não, aí não, tem um Homem de Branco na gaveta.

— Quem?

— Vô Rubens tá na gaveta, tire ele de lá, mãe.

Eu gritava sem me mover. A coisa tava feia. Meu pai entrou, pingou umas gotas na minha língua e caí no sono dos justos, um sono de verdade. E, claro, não sonhei. ▮

A SOLIDÃO

CAPÍTULO 25

▌ Acordei, como costumo acordar depois de dormir. Tudo igual, a televisão na sala ligada no noticiário. A única diferença é que eu estava de bruços.

Nunca esqueço o jogo, como acontece com os sonhos de verdade. Lembro que vô Rubens falou comigo. O que tenho a fazer é manter o controle.

— Tá melhor, filho?

— Quase lá.

— Lá onde?

— Melhor.

Ela veio conferir temperatura, confirmar. Eu estava normal. Levantou-se, foi para a cozinha, ouvi as portas dos armários baterem, xícaras, água da torneira. Deu dez minutos e ela voltou com achocolatado e banana amassada. Recuei uns dez anos, papinha de bebê. Sentei devagar e sorvi o leite com chocolate. A banana amassada eu mastiguei até virar sopinha na boca. Bebi a banana.

Vô Rubens.

Tenho que encarar. Desliguei o computador, minha mãe anda desatenta. Não esqueci o que vô Rubens me disse, mas tem alguma coisa errada. Preciso falar com Mateus, que está há mais tempo na Sociedade da Caveira de Cristal.

Sinto enjoo só de pensar que a Samara faria cara de vencedora, ia me tirar de bobo. Rodolfo não, Rodolfo é inteligente, cabeça boa, cara que ri, conversa. Eu sou um hamster para ela. Aquele vexame de jogo.

Samara.

Duas palavrinhas com ela ajudariam muito, se ela acreditasse em mim, no jogo, no vô Rubens. E tem o Rodolfo. Estou sozinho. O telefone tocou, suei, parecia que meu quarto ia chacoalhar.

— Vítor, telefone.

Atendi.

— Samara? Tava pensando em você.

— Olha só, o Mateus tá mal, como da outra vez, com febre, o computador passou a noite ligado, é o Skull de novo?

— É.

— A gente pode conversar?

— Sobre o Skull?

— Essa lavagem cerebral.

— Não tem lavagem cerebral, é só um jogo.

— Deixe pra lá, você se contaminou com essa porcaria.

Desligou na minha cara.

— O que ela queria?

— Nada, mãe, falar de computador.

Samara me deu um basta. Fui para o sofá, olhei a televisão, o noticiário não acabava nunca. Os repórteres se revezavam, não prestei atenção, fiquei com a voz da Samara na cabeça.

— Manda o Vítor pro quarto, ele vai pro computador, se distrai, ficar vendo isso é pior, pode voltar a febre.

Meu pai dizendo isso para a minha mãe, na minha frente, como se eu fosse um bebê de oito meses. Aumentei, de pirraça, o volume da tevê, antes que eu perdesse todo o controle sobre minha vida. Antes que eu voltasse a ser um espermatozoide. ∎

O ISOLAMENTO

CAPÍTULO **26**

— Até quando os bairros da Zona Norte ficarão em quarentena, secretário?

— Até segunda ordem. Não há motivo para preocupações, os hospitais estão preparados e atendendo à demanda dos infectados pelo Bola.

— A informação de que o vírus ganhou força nas últimas semanas está confirmada?

— Ainda não, temos apenas indícios. É preciso que a população mantenha a calma, que todos fiquem em suas casas, levando, o quanto possível, uma vida normal.

— O senhor tem os números atualizados dos óbitos desta semana?

— Apenas uma estimativa, ainda não confirmada. São quase 10 mil vítimas do vírus Bola nos últimos sete dias.

A Senhora de Vidro nem olhava para a minha cara, com medo de me passar medo pelo olhar. Ela faz isso quando não quer se comprometer. Meu pai batia a cinza do cigarro no pires, no meio dos caroços de azeitona.

— Vou pro computador.

O melhor foi que minha mãe não disse um "a" sobre o tempo da minha vida on-line. Nada. Numa situação dessa, achou melhor me deixar enfiado no quarto, engambelado pelos joguinhos de computador. Mal sabe ela. Problema por problema, prefiro os meus. E se um vírus me obriga a ficar trancado em casa, sem limite de navegação e computador ligado o tempo todo, eu só tinha a ganhar com essa história de quarentena.

Liguei o computador. E-mail do Mateus, mandou uma mensagem ao grupo, despedindo-se. Ele havia sido condecorado com o Passaporte de Cristal. A partir dali, ele não andaria mais em nossa companhia, iria flutuar entre as altas patentes do Skull. Disse também que o Senhor de Cristal justificou a condecoração com o golpe que eliminou um Homem de Branco, com isso, conseguiu salvar nove ampolas.

Mateus agora tinha poderes, e mora perto da minha casa. Pelo menos isso. Ele já se isolava, com um bairro inteiro isolado, deve estar nas alturas, liberdade total. Nem precisa mais sair de casa, nem do quarto, nem do computador. De certo que, para os adiantados, o jogo deve acontecer com mais frequência, não só aos sábados, como para nós, os pangarés.

Respondi perguntando se o Senhor de Cristal comentou sobre a atuação dos outros jogadores. Ele não respondeu. Cretino.

Liguei para a casa do Mateus, para falar com a Samara, atende ele.

— Recebeu?

— Recebi.

— Qualquer coisa a gente se fala, valeu!

Não tive coragem de mandar chamar a Samara, ele ia se ligar no esquema. Mas ela é muito esperta, ligou de volta, do quarto dela.

— O Mateus falou que você ligou.

— Achei que você fosse atender.

— Eu tava no portão com o Rodolfo.

— Ah, tá.

— Ia mandar um e-mail, mas o Mateus não sai mais do computador, ele vigia minhas mensagens, tem ciúme do Rodolfo, é uma besta.

— Se o bairro tá isolado, como o Rodolfo foi pra sua casa?

— Ué, isolado só dos outros bairros. Aqui dentro podemos circular, você tá por fora.

— Eu não me envolvo.

— Esse é o problema.

A companhia do Rodolfo não faz bem para ela, fica cínica, arisca, meio idiota.

— A gente podia se encontrar na padaria de novo.

— Para?

— Você não queria falar comigo sobre o Skull?

— E se o Rodolfo vir a gente?

— Ele sabe que não tem nada a ver.

— Você contou pra ele?

— Mais ou menos, só falei que você tinha mais contato com o Mateus do que a gente, por causa do computador.

Senti uma pontada no fígado. Nosso segredo parcialmente revelado ao meu maior oponente, o Rodolfo.

— Na padaria?

— Combinado. ▌

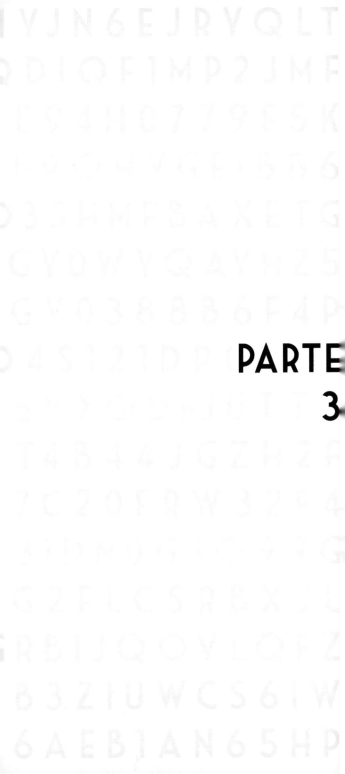

PARTE 3

O BAIRRO

CAPÍTULO 1

Antes padaria que nada. Botando o nariz para fora de casa, percebi o que estava acontecendo. No lugar dos carros, crianças de bicicleta na rua, pessoas conversando e fofocando sentadas na calçada. Já faltavam algumas coisas, os distribuidores vinham semanalmente reabastecer o comércio do bairro. A papelaria fechou, não havia mais movimento — a escola fechada, quem ia comprar caderno se os cadernos não acabavam? O banco estava aberto, os caras morrem, mas não fecham. A *lan house* do Jorjão fechadíssima, desde que estava no hospital. Ele não voltou mais. A mãe dele, vi conversando com outra senhora. Muita gente tinha suspeita de contágio, mas só um caso foi confirmado, o do Miguel, o sapateiro. A esposa estava cuidando dele com uns remédios que dão no hospital, a assistente social veio trazer. Tudo quase normal, numa espécie de férias coletivas, não fossem as máscaras brancas que cobriam a boca e o nariz.

— Coloque isso aqui, meu filho, tem que colocar.

Eu nem me opus, parecia uma partida de Skull, nossas armas eram as máscaras. Óbito no bairro, só o vô Rubens. As pessoas olham para mim com cara de piedade, porque perdi meu vô. Primeiro que não perdi, meu vô só morreu. E o Skull trouxe ele de volta. Isso a Samara tem que entender, não é loucura minha.

Torci para o Rodolfo me ver com Samara na padaria. Lá, só suco, o refrigerante não tinha previsão de entrega. Nessas horas, os caras tiram o corpo fora, na hora em que mais precisamos de um refrigerante, eles somem. Tinha uma lista de espera, botei meu nome. Uma garrafa de dois litros por casa. Bisnaguinhas recheadas só as feitas na padaria, a farinha ia para o pão francês, que era mais importante que pão doce. Não entendo essa lógica. Pão francês não se come puro, o que o deixa incompleto. Já um pão com creme não pede mais nada, refeição completa.

Samara ainda não tinha chegado. Sentei-me no banco alto, de frente para vitrine de coxinhas, pedi uma. Achei que iam nos proibir de comer na padaria porque tem que tirar a máscara, mas ninguém falou nada. Tinha um cara no canto, o Arlindo, da rua de cima, comendo um rissole. Sem contar que essa máscara não deve proteger muito.

— Tá com fome, filho? Coma enquanto tem, abandonaram o bairro, a assistente social quase não vem mais. Não estou nem aí também — disse Arlindo, e pediu um uma bebida para ajudar descer o rissole — isso tinha. ▮

SENHORA DE DIAMANTE

CAPÍTULO **2**

❚ Samara chegou, pediu quatro pães, gritaram que dali quinze minutos tinha outra fornada, perfeito. Ela respondeu que ia esperar. Tinha pensado em tudo: ela sabia a hora da fornada e marcou antes, para ter a desculpa de esperar o pão assar. No Skull, ela ia entrar com tudo.

— A gente tem quinze minutos, Vítor.

— Beleza.

— Meu pai vai jogar o computador no lixo.

— Sério?

— Disse que o mundo tá acabando mesmo, internet serve pra nada, que notícia confiável só mesmo pela televisão. E que o computador ia matar o Mateus de inanição mais rápido que o Bola.

— Minha mãe deu graças a Deus de existir computador.

— Sua mãe sabe nada.

— Liguei pra você porque vi o vô Rubens de novo.

— Não tô falando?

— Tá, não vou explicar, mas ele falou comigo.

— Pelo que você me contou, os caras usam a cabeça de cada jogador para construir o jogo, não é isso?

— É.

— Tiraram seu avô da sua cabeça.

— É diferente, quando ele aparece é mais real que as outras coisas.

— Porque para você ele é importante.

A Samara não fica bem quando está por cima na conversa, eu tinha que virar a meu favor. Ao mesmo tempo, eu só tinha ela para desabafar, e ela só tinha a mim para sondar o irmão. Não sei por que ela encana tanto com o Mateus. Sei de irmão que pouco se lixa. Ela não, tem coração. Como não conhece mais ninguém no Skull, só tem a mim para dar informação privilegiada. Não escondo nada, não consigo. Escondo da minha mãe, mas não da Samara, a Senhora de Diamante. Ela fala, eu ouço, às vezes penso.

— Tava pensando, se a cidade for um órgão, tipo o coração ou um rim, e as famílias forem uma doença?

Cuspi um pedaço da coxinha, engasguei. Arlindo e Osvaldo, dono da padaria, olharam para mim com ar de "esse menino tá com Bola".

— Tá louca?

— Acompanha, faz de conta que você não é do Skull, beleza?

— Beleza. Você suspeita que Órus14 seja que nem o Bola?

— Tipo o Bola.

Ficamos em silêncio. Ela desenvolveu a teoria.

— Se Órus14 for um vírus com treze famílias, tipo treze formas diferentes, o objetivo do jogo é salvar o vírus, não a humanidade.

Saco! A teoria dela bate com a do vô Rubens, que eu deletei da minha cabeça, não faz sentido. Ele aparecer foi real, mas o que ele disse pode ter sido manipulado pelos Homens de Branco.

— Que viagem, se for isso, você acha que o vô Rubens é um vírus?

— Seu vô tá enterrado, Vítor, ele morreu. Você não aceita e por isso acha que o jogo é de verdade, que se o vô Rubens aparece por lá, é porque o jogo é bacana. Mateus tá pior que você, tenho que salvar meu irmão, e você se salvar antes que seja tarde. Acorde! ▍

O VIRTUAL
E O REAL

CAPÍTULO **3**

▌ Ela não podia falar assim comigo.

— O que meu avô faz no Skull é problema meu, eles avisaram que nossos desejos iam aparecer. Tanto que ele não surge no meio do jogo, mas no fim, quando tô pra acabar. Sempre assim, acordo quando vô Rubens aparece.

Ela continuou com cara de "adianta nada". O pão assou antes dos quinze minutos. Samara pegou o pacote e saiu, acenou um adeus com preguiça. Azar no jogo, azar no amor. Que fase.

Depois eu sou o cara que foge da realidade. Samara acha que o Skull é o Bola. A loucura. Como um jogo de internet, criado por um bando de caras geniais em tecnologia, pode ter a ver com uma doença que já existia há anos e que só agora se manifestou? O Skull é tecnologia, bits, silício, mundo virtual. O Bola é um vírus, e vírus é um troço que existia antes da humanidade. Uma coisa é virtual. A outra é real, meu avô inclusive. O preço que pago para ver Samara de perto é ter de ouvir esse absurdo: que o Mateus e eu nos metemos com o Bola.

Pedi três pãezinhos, eu também tinha que chegar em casa com pão, minha desculpa para ter saído. Deixei na cozinha e fui para o computador. Estava ligado, meu pai sentado na minha cadeira.

— A televisão saiu do ar, estou aqui procurando alguma notícia.

Era o que me faltava, o cerco se fechava, as pessoas insanas. Minha mãe gritou da sala.

— Voltou!

Meu pai saiu saltitando para a sala, estão viciados em jornal, e eu é que sou nerd. Televisão é o irmão distraído do computador.

Fui direto para sala de chat da Sociedade da Caveira de Cristal. Tinha um aviso: "Site em manutenção". Até entendo, o jogo de ontem foi pesado, quase todos os usuários estavam presentes, pelo menos desse hemisfério, onde é noite para a maioria dos integrantes.

Se o Robô foi condecorado, significa que o Skull ainda existe. Nem adianta espremer o Mateus, melhor esquecer. O Senhor de Cristal podia ter mandado e-mail para nós que não fomos condecorados. Pô, eu que tive a ideia para sair do campo de chimpanzés. Desaforo! Entrei várias vezes no site, nada, sabia que a qualquer momento eles voltariam.

Do nada, um e-mail do Jorjão, o dono da *lan house*. Dizendo que estava bem melhor, que podia voltar para casa, mas não deixavam, tinha de ficar em observação. E que fez amizade com uma enfermeira que gosta de metal pesado. Ela deixava ele ver os e-mails e navegar pela internet de madrugada, quando o movimento do hospital diminuía.

O e-mail do Jorjão era para quem frequentava a *lan house*. Dizia que sentia saudades do bairro, pedia notícias. Vasculhou listas de discussões sobre o Bola e encontrou muita coisa instigante, no próximo e-mail, ele mandava.

Esse cara é engraçado. Deve ficar andando pelos corredores do hospital, fazendo amizade com todo mundo.

O dia prometia. Samara também mandou mensagem, dizendo que Mateus não tirava um fone de ouvido, que ele proibiu a todos de tirá-lo da cabeça dele, mesmo quando estivesse dormindo. O fone estava ligado ao computador, não sabiam se era música, enfim, só podia ser. Ninguém ia desligar, prometeram a ele, mas Samara queria saber se aquilo era o Skull, se dava algum problema desligar da tomada.

Confirmei que devia ser o Skull, durante o jogo, se alguém desliga o computador, pode dar problema. Isso devia servir para o fone, se agora eles estavam com fone em novas partidas.

Ela nem agradeceu. Ela é bruta comigo, mas também não me larga. Então agora usam fones. Mas como? Devem ouvir a voz do Senhor de Cristal, talvez hipnotize os jogadores, avançadíssimo. Preciso chegar nesse nível, crescer. ▮

CAPÍTULO 4

O OPONENTE

— Vítor, aquela menina de novo. Vocês estão namorando?

Corri para atender, a Samara.

— Desliguei o fone e o computador, dane-se o jogo. Só que Mateus não acorda por nada, ele respira, mas não acorda, parece coma. Falei pra minha mãe do Skull, ela achou que eu estava delirando. Estamos esperando a ambulância, Mateus vai pro hospital, deve ficar lá até o bairro voltar ao normal.

Começou a chorar.

— Mateus tá morrendo.

— Calma, o Bola mata gente mais velha, ninguém da nossa idade morreu até agora.

Ela abriu a boca para mãe, até aí, nada de mais. A mãe não acreditar é um ótimo sinal. Skull é tão fora do normal, que isso já preserva a Sociedade da Caveira de Cristal. Só estando nela para acreditar. O Mateus vai me matar quando voltar do coma. A mãe vai falar do jogo, será meu fim. Comentei o mal-estar de Mateus com a Senhora de Vidro.

— Só de pensar fico louca, perder um filho, vou rezar pelo menino.

Por que só eu consigo manter a calma nesse mundo caótico? A campainha tocou, eu atendi. O Rodolfo.

— Oi, eu vim aqui porque a Samara pediu.

Inacreditável! O Rodolfo na minha porta, quase fechei na cara dele.

— Ela pediu uma senha que você tem, um jogo do Mateus, negócio assim.

— Fala pra Samara que minha senha não serve pra entrar no lugar do Mateus, ele tá em fase adiantada.

— Que jogo é esse? Vocês ficam com essa história.

— Jogo de computador, sabe como? Samara encanou que o Mateus fica muito tempo jogando, viagem dela.

Rodolfo foi embora sem minha senha. Imagine se eu vou dar minha senha para um inimigo. O Mateus passou mal, para mim, nada disso tem a ver com o fone nem com o Skull. Ele já tinha problemas de saúde antes de aparecer o jogo. Sempre deu trabalho para a família. Aposto como nem indício de Bola é. Deve ser uma virose boba, dessas de verão. Já, já a Samara telefona ou manda e-mail dizendo que o Mateus está ótimo.

Uma coisa não posso negar: Samara tem se aproximado cada vez mais. Acho que está apaixonada por mim e não sabe. Posso dizer a ela, se ela não se ofender. E o Rodolfo aqui em casa porque ela pediu, que cena. Se minha mãe, que é uma pamonha, achou que fosse namoro, o Rodolfo deve estar preocupado.   ∎

CAPÍTULO 5

JORJÃO

Com o Mateus no hospital, Samara vai poder me enviar quantos e-mails quiser, quantos o coração dela pedir. Preferi me adiantar e mandei um. Repeti na mensagem o que disse ao Rodolfinho. Ela respondeu que se o Mateus conseguiu entrar no jogo, ela também consegue, que para ela resolver essa questão, só enfrentando de frente, participando. Assim ela descobrirá todos os segredos.

Já é um avanço, antes não podia nem falar em jogar com a gente, entrar para Sociedade. Agora ela sentiu o chamado, pena que com essa intenção besta. De que segredos ela está falando? Segredo nenhum, é um jogo com regras, bem claras. Preciso ter paciência com as pessoas nesse momento difícil.

Voltei ao site da Sociedade da Caveira de Cristal. Nada. Fora do ar, em manutenção. Uma ova! Se o fone do Mateus era o Skull, as coisas continuam andando por lá. Negócio é esperar.

E chega outro e-mail do Jorjão, desses coletivos:

Um preso foi morto na cadeia há duas semanas. Ele estava contaminado pelo vírus Bola e internado no hospital do presídio. Condenado à morte pela doença, morreria em semanas. Mas, como nutria desafetos na casa de detenção, surgiram suspeitas de assassinato. Alguém poderia tê-lo envenenado, mesmo com a morte iminente. A suspeita levou os legistas a fazerem uma autópsia. Acabaram concluindo que o preso se suicidou com veneno de rato, que ele conseguiu com um carcereiro.

Até aí beleza, estranho é o que vinha depois:

Na autópsia, um dado intriga não só os legistas como a classe médica e muitos pesquisadores. O preso tinha o crânio de cristal, uma caveira de cristal. Uma peça única, intacta, transparente, quase uma joia de lapidação.

Esse Jorjão não existe. Agora que está lá sem fazer nada, fica atrás das enfermeiras para deixarem ele matar a saudade do computador, só para amolar a gente. Engraçado inventarem essa caveira de cristal. Nunca tinha ouvido falar em alguma parte do esqueleto feito de cristal, antes do Skull. Alguém que conhece o jogo deve ter fabricado a notícia e jogado na rede. ▮

CAPÍTULO

6

A ADESÃO

❚ A Samara mandou e-mail, ela também estava na lista do Jorjão. Perguntou se eu tinha lido e entendido. Respondi que sim, o Jorjão estava repassando corrente. Sugeri que a gente conversasse num programa de chat instantâneo, que é quase tão rápido quanto um telefone. Marcamos encontro dali a cinco minutos. Ela topou.

Vítor: Mateus tá melhor?

Samara: Acabaram de levar, médico disse que ele não tem sintomas virais, pode ser algo congênito, sei lá.

Vítor: Ele volta logo.

Samara: Por que não passou a senha pro Rodolfo? Não custa nada.

Vítor: Por que não me pediu? Fazer o Rodolfo vir até aqui.

Samara: Porque ele é meu namorado, faz o que eu quero. Achei que você ia ficar com medo dele e entregaria a senha.

Vítor: Eu não tenho medo do Rodolfo.

Tática errada. Erradíssima, ela mal me conhece. A gente precisava conviver mais.

Samara: Não acha que esse preso do Jorjão tem a ver com a Sociedade da Caveira de Cristal?

Vítor: De que jeito?

Samara: Ele era do mal, o bandido tinha um crânio de cristal.

Vítor: O jogo não tem nada a ver com o mundo real, nem essa notícia deve ser de verdade.

Samara: Vou descobrir, quero entrar para o Skull.

Vítor: Nunca vi menina no jogo, talvez nem possa.

Samara: Se é virtual, como vão saber o sexo da pessoa?

Vítor: Eles sabem tudo, vai por mim.

Samara: Não me enrola, quando é o jogo?

Vítor: Aos sábados, mas só pra quem está na quarta fase. Você tem que começar do zero.

Samara: E?

Vítor: Tem que se cadastrar no site e fazer amizade com alguém nas salas de bate-papo.

Samara: E?

Vítor: Daí alguém passa o programa ou você baixa. Nesse caso, a máquina do teu irmão já tem o jogo. Você, com seus amigos, formam um grupo pro sábado, isso se você for aprovada pelo Senhor de Cristal.

Samara: Amizade eu tenho, você.

Vítor: Meu grupo tá lotado.

Sim, eu estava resistindo à aderência de Samara ao Skull, ela estava avacalhando a história.

Samara: O Mateus era do seu grupo e tá no hospital. Entro no lugar dele.

Danou-se. Como vou me livrar de Samara e suas ideias contestadoras dentro do Skull? Por outro lado, ficaremos mais unidos com as tarefas, e por ser irmã de um cara com acesso avançado na Sociedade da Caveira de Cristal, talvez tenha privilégios, e possa até me ajudar. Nada mal. ❚

CAPÍTULO 7

O ELO

Samara: Qual é o site?

Vítor: Tá fora do ar desde cedo. Você vai entrar como se fosse o Mateus?

Samara: Claro.

Vítor: Então seu apelido é Robô.

Ela pegou o endereço do site e foi fuçar. Minha mãe me chamou para almoçar. Estava chateado, um segredo tão guardado, tão meu. Enquanto Samara namorar Rodolfo, é certo que ele saberá tudo o que ela faz, isso acaba me enfraquecendo, porque ele também vai saber da minha vida.

No almoço, outra lasanha, adoro lasanha.

Quando voltei, Samara não estava mais on-line. Resolvi pesquisar por caveira de cristal, Skull, sociedade, talvez surgisse alguma coisa, já que estou sem notícias do jogo e do grupo.

Nada. Talvez meu computador tenha algum problema. A Samara voltou.

Samara: Olha isso, Vítor, meu computador desliga automaticamente quando entro na página do jogo, nem aparece que está em manutenção.

Vítor: Estranho.

Samara: Acho que eles sabem que não é o Mateus na máquina e desligam na minha cara.

Nisso ela pode ter razão, fomos avisados que o Skull vigia todos os nossos passos pelo computador, não sei bem como. Aliás, tinha até mecanismos para assegurar que a minha retina passasse pelos procedimentos escritos do Skull. Ela deve ter feito um trajeto suspeito, entrado em sites que Mateus não costuma ir e, pronto, concluíram que não era ele. Como cartão de crédito, que telefonam para o dono confirmando se ele fez compras na praia, quando sabem que o cliente nunca sai da cidade.

Samara: Isso acontece sempre?

Ela estava irritada.

Vítor: Eles fazem o que querem, o jogo não é nosso.

Samara: Estou pesquisando "caveira de cristal" e não aparece nada, não pode ser.

Vítor: Ah, é?

Samara: Vítor, você tá ou não tá comigo?

Vítor: Na saúde e na doença.

Quando vi, já tinha escrito isso. Ela demorou um minuto para responder. Tempo para eu me arrepender de ter praticamente me declarado, do nada. Tudo pode ter ido por água abaixo.

Samara: Tô falando sério. Você não acredita em mim agora, mas vai. Vamos desvendar os segredos do Skull. Essa gente mistura um monte de moleque pra sonhar junto e fazer o jogo deles. Só isso já é absurdo. Ninguém pode roubar o nosso sonho, nem saber dele.

Vítor: Não roubaram, nós é que damos o sonho pra eles.

Samara: Pior, leia o que escreveu, pense.

Estava claro, cheguei numa bifurcação, fiquei em cima do muro até o limite. Tinha que tomar uma decisão.

Vítor: Tô com você. Resolvi.

Samara: Beleza, assim que voltar o site, me avisa, pode ser por telefone.

Vítor: Você não vai conseguir entrar pelo computador do Mateus.

Samara: Posso entrar no computador do Rodolfo, na casa dele.

Vítor: Não.

Samara: Qual o problema?

Vítor: Não é legal muita gente sabendo.

Samara: Tá, dou dois dias pra você resolver isso, se não, vou pro Rodolfo.

Chantagem como nem a Senhora de Vidro ousou fazer. Estou nas mãos dela. Todo, até a tampa da cabeça. Amar é um inferno. Fui cedendo, cedendo, deu nisso. ▍

O CARA

CAPÍTULO **8**

Passei a tarde pensando no Skull. O troço mais bacana que já me aconteceu. Trouxe o vô Rubens, trouxe Samara, me deu paz no meio dessa confusão que virou a cidade. Todo mundo pirando porque não tem o que fazer em casa, e eu com missões incríveis no meu quarto. Meu avô disse que estávamos lutando contra o inimigo errado, Samara diz a mesma coisa. Samara é pior, acha que o Skull é quase uma seita secreta e criminosa. Não usou essas palavras, mas quase.

Na verdade, para mim, o que importa? Que mal pode me trazer uma experiência como essa, que todo mundo gostaria de ter? A mulher amada se aproximando, rever o avô, ser atuante enquanto dorme? Acho, acho não, tenho certeza de que a Samara, ao passar para a quarta fase, acaba com a frescura e vai entender. Esperar e ver. O que eu estou falando? Nem sei se ainda estou no Skull, nem se o Skull ainda existe. Nesse caso, estou mesmo com Samara, vamos saber o que se passa com a Sociedade da Caveira de Cristal.

Então me ocorreu que, se o Jorjão repassou a história do preso do crânio de cristal, significa que isso circulou pela internet. Sendo assim, ao acionar um site de busca, essa informação deveria aparecer, certo? Só que não aparece, porque o Skull deve ter nos deixado presos numa rede controlada por eles. Isso não me assusta, não tenho interesse nenhum em sair dos domínios do Skull. Quero mais é mergulhar neles.

Tenho que arrumar um computador para Samara, no do Mateus, ela não vai conseguir nunca, está vigiada. Nem na casa do Rodolfo. Não mesmo.

O Jorjão! É o cara. Vou pedir a ele uma máquina emprestada, a *lan house* está fechada mesmo, a mãe dele nem ia ligar. E acho que o Jorjão ia gostar que eu colocasse para funcionar um bichão dele.

Mandei um e-mail, ele respondeu logo. Como previ, aceitou emprestar. Como não previ, com uma condição: que fosse na *lan house*, que a máquina não saísse de lá.

Samara aceitaria essa condição? Por que não? Se ela se propôs a ir na casa do Rodolfinho, por que não no Jorjão? Liguei para ela.

— Arrumei pra você, dos bons.

— Mentira!

Impressionei a garota. Tinha duvidado que eu conseguiria, ela subestima minha capacidade e meus sentimentos.

— Legal, mas já falei pro Rodolfo, ele deixou eu usar o da casa dele.

Ou quer me tirar do sério.

— Ou no Jorjão ou nada. Sigilo é tudo na missão.

Fui meio agressivo, tomar as rédeas é desse jeito. ▮

O ALIADO

CAPÍTULO **9**

| Poderíamos pegar a chave da *lan house* com a mãe do Jorjão. Fui falar com ela, ficou desconfiadíssima.

— Jorjão ia falar de que jeito com vocês? Ele tá no hospital, sem comunicação.

— Foi por e-mail.

— Como é que eu vou saber?

— Posso imprimir e trazer pra senhora ler.

— Não acredito em e-mail.

Pensei um pouco.

— Vou pedir pro Jorjão ligar pra senhora.

— Aí, sim. Senão, não.

Mãe de um cara que sabe tudo de tecnologia e não acredita em e-mail. Até vô Rubens acreditava. Deu vergonha pedir que o Jorjão ligasse para a mãe dele. Mas se já tinha autonomia em algum computador do hospital, imagine com um telefone. A mãe dele ligou em casa.

— Pode vir, só pra você, não vou abrir a loja pra molecada.

Não tinha avisado que era para Samara. Toca eu mandar e-mail para o Jorjão dizendo a verdade, que eu a acompanharia, ela não sabe mexer direito. Ele respondeu meio sério, que lá não era lugar de namoro.

Estou desmoralizado, o Jorjão precisa confiar em mim, saber que não é namoro nenhum, pelo menos para ela. Conto tudo ao Jorjão? Que estamos pesquisando o jogo que ele mesmo comentou há algum tempo, a empresa que criou o Skull, os processos por danificação dos computadores pelo jogo, aquela coisa toda? Ele tá por dentro, conhece jogos, tem uma loja, metade *lan house*, metade ponto para desempregado escrever e imprimir currículo. O Jorjão pode ser um aliado.

— Óbvio, ele vai ajudar. Cara mais velho, conhece computador melhor que a gente — alegrou Samara.

Não quis criar caso, mas não tem a ver com idade saber usufruir dos computadores — vide eu, que me viro bem.

— Não sei o quanto ele sabe.

— Se liga, Vítor! Ele que mandou o e-mail do preso, ele pode não só saber, como até fazer parte da Sociedade da Caveira de Cristal. ▮

O BOICOTE

CAPÍTULO 10

Nisso, o site do Skull voltou. Entrei imediatamente na sala de bate-papo, o próximo jogo seria em dois dias. Não avisei a Samara, quis sentir o clima primeiro.

Gato Félix: Olá, amigos.

A sala estava vazia perto das outras vezes, sempre lotada. Mandei meu sinal de fumaça, se alguém do grupo estivesse por ali, responderia.

Manolo: E aí, Gato? Você viu? Robô conseguiu um Passaporte de Cristal.

Se o idiota do Mateus não tivesse avisado todo mundo, seria fácil colocar a Samara no lugar dele.

Gato Félix: Pode crer.
Manolo: Acabei de entrar, encontrou os outros?
Gato Félix: Tava fora do ar, sabe o motivo?
Manolo: Fora do ar nada! Entro aqui todo dia. A gente achou que você tinha desistido, formamos outro grupo. Dois entraram, um no seu lugar, outro no do Mateus.

Como assim?

Gato Félix: Não acredito, o site tava fora do ar, tanto pra mim como pro Robô.

Manolo: Se o Robô foi condecorado, por que ele seria bloqueado pelo Skull? E você pode ter sido desligado.

Gato Félix: Como, se agora tô na sala? Fosse assim era pra nunca mais o site abrir no meu computador.

Fiquei surpreso. Do nada fui cortado, desligado da Sociedade da Caveira de Cristal. Se bobear, o Robô também está fora. Quando a Samara desligou o fone, ela pode ter feito uma grande besteira, desligando para sempre o Mateus do Skull. E eu? O que fiz?

Gato Félix: E agora?

Manolo: Tente arranjar outro grupo, tem dois dias pra isso.

Dois dias era pouco e injusto. Não fosse por mim, ninguém teria saído daquele campo de chimpanzés. Fui importante ou não fui?

Gato Félix: Teve reunião da Sociedade?

Manolo: Ontem mesmo, a missão continua: derrotar os Homens de Branco, defender a Órus14. O Senhor de Cristal disse que essa etapa será decisiva. **▌**

OS ESCOLHIDOS

CAPÍTULO **11**

▌Não podia ficar fora dessa. Depois de tanto trabalho e dedicação, fui parar no mesmo nível que Samara, em busca de um grupo. Nisso, entrou o Senhor de Cristal. Pipocou gente dentro da sala, centenas.

Senhor de Cristal: Salve, amigos! Sábado se aproxima, temos que nos preparar para uma batalha que definirá o futuro do Skull e da Sociedade da Caveira de Cristal. Hoje temos aqui reunido todo o corpo da Sociedade, todos os membros. Nosso sistema barrou, por um tempo, a entrada de alguns usuários.

Cadillac: Por isso o site fora do ar?

Senhor de Cristal: Exatamente. Temos controle de suas máquinas. Como já foi esclarecido no início, é esse controle que permite ao Skull proporcionar a vocês a experiência da *lan house* onírica.

Pandora: Por que fomos cortados?

Senhor de Cristal: São muitos os aqui presentes que tiveram o acesso cortado por alguns dias. No último jogo, avaliamos a capacidade de cada usuário, de forma a escolhermos os que têm condições de enfrentar a partida definitiva do Skull. Caso as equipes não consigam alcançar o objetivo, que é destruir os Homens de Branco, o Skull ficará por um fio.

Um monte de gente começou a reclamar, afinal, que critérios eles utilizaram para avaliar a performance de cada um? Fui limado da próxima partida, que deve ser a mais emocionante de todos os tempos. Injusto, muito injusto. Não podem me tirar o vô Rubens.

Comecei a suar, não conseguia pensar em perguntas ou discutir com o Senhor de Cristal; minha pressão caiu, levantei um pouco, fiquei zonzo, corri para o banheiro lavar o rosto. Não podia fraquejar numa hora dessa, estava sendo expulso do Skull. Voltei ainda mole para o computador.

Senhor de Cristal: Acalmem-se. A Sociedade da Caveira de Cristal nunca morre, apenas adormece. Ela existe há mais de 4 mil anos e nunca esquece aqueles que a ajudaram a avançar. Com as tecnologias atuais, será quase impossível eliminá-la. O Skull é apenas uma das atividades da Sociedade. Os programadores já trabalham numa versão atualizada, a que prometi tempos atrás, e vocês, que não participarão do próximo embate, serão convocados para testar o novo jogo. Entendam: todas as grandes civilizações se estruturaram numa espécie de pirâmide, em castas. Um grande jogo também segue esse esquema milenar de organização. De hoje em diante, a casta dos eliminados ficará adormecida até que o protótipo do novo jogo fique pronto. Os demais, da casta selecionada, virão comigo, eu estarei presente desta vez, no grande combate de sábado.

Tubarão: Não pode falar assim, fiquei horas nesse jogo, dei meu sangue, meu sono, pra nada? Meu tio é advogado, vai processar vocês.

Senhor de Cristal: Cuidado com as reações de insubordinação. Elas contarão na seleção futura dos jogadores que despertaremos. Saudações Fraternas.

Desliguei tudo.

Avisei minha mãe que não atenderia o telefone, ela nem perguntou por quê, catatônica diante da tevê, as mãos tricotando sozinhas uma blusa azul.

Deitei-me na cama, enrodilhei feito cachorro abandonado. Quase chupei o dedo, o polegar encostou na boca, enfiei depressa a mão debaixo do travesseiro, antes que eu perdesse a dignidade. ∎

O ADORMECIMENTO

CAPÍTULO 12

Nunca mais o vô Rubens. Adormecido, foi isso que ele disse. Vou adormecer até que eles me despertem para o novo jogo. Quem sabe lá eu reveja o vô Rubens, e ele possa se comunicar de novo. Minha mãe entrou no quarto, disse que ela e meu pai já voltavam. Perguntei aonde iam, ela ficou sem graça. Meu pai disse que ia jogar buraco com os Chimirri. Os dois estavam de preto, conheço a roupa e as caras: velório.

— Quem morreu?

Eles se entreolharam.

— O Arlindo, da rua de cima, o velório é no salão da igreja, nós já voltamos — ela respondeu, com voz baixa.

— Bola?

Meu pai respondeu afirmativamente com a cabeça. Fecharam a porta do quarto, depois a da sala. Quem precisava ser velado era eu. Morri. O Skull era a minha vida, e me tomaram. Samara, quando souber que não faço mais parte da Sociedade da Caveira de Cristal, que estou "adormecido", vai me mandar para o inferno. Certeza absoluta. Ela também só queria saber do jogo, tem o Rodolfinho para tudo, não precisa mais de mim. A escola fechada, meus poucos colegas fechados em suas casas. De repente, senti o peso da realidade, dessa que todo mundo fala. Na rua, na televisão, em casa. Sempre duvidei da realidade, mas se eu existo, e isso é realidade, então a realidade tem vida própria.

Revirei-me na cama.

Caramba! Se Samara e vô Rubens têm razão, foi por isso que fui cortado do Skull. Meu avô foi uma interferência no jogo, deve ter acontecido a mesma coisa com outros jogadores. Interferências pessoais: avós, professor, algum parente. Eliminaram os que têm infiltração no sonho, os que podem descobrir a verdadeira missão da Sociedade da Caveira de Cristal. O Mateus pode ter tido uma dessas interferências na etapa em que já estava com o Passaporte. Agora só quando sair do hospital é que vou saber.

Taí um erro que devo assumir: não ter dado pelota para o vô Rubens.

Só acreditei na imagem dele, mas desacreditei no que ele disse.

Preciso reagir, ir à luta. Agora é para valer. ▮

O DESPERTAR

CAPÍTULO 13

— Samara?

— Ia mesmo ligar, você sumiu do computador.

— Lembra que me perguntou se eu estava do seu lado?

Samara ficou quieta uns segundos, eu também.

— Aconteceu alguma coisa?

— Acho que você e o vô Rubens têm razão.

— Deus é pai!

— Sério, aconteceram coisas.

Coloquei ela a par das últimas. Samara falou do Mateus, que tá melhor, mas ainda desacordado. Ficamos um tempão no telefone, os pais dela também estavam no velório do Arlindo. Como ela também não podia entrar no Skull, perdeu a vontade de ir em frente. Achou que ia desencanar, sugeriu que eu agradecesse o Jorjão por tudo, dizer que já tínhamos resolvido.

— Tá louca?

— Vítor, acabou a brincadeira.

— Tenho uma proposta. Vamos descobrir o que há por trás da Sociedade da Caveira de Cristal. Vamos tentar invadir o jogo no sábado!

— Nossa, nem parece o Vítor de 24 horas atrás. Como vamos furar a barreira de proteção dos caras?

— Tá comigo?

Ela vinha, claro que vinha.

— Dentro! Avise Jorjão que estaremos na *lan house* para a missão importante. Ele pode ser nosso aliado, tem acesso ao computador no hospital.

Meu peito ia explodir. Não precisei da Sociedade da Caveira de Cristal para ser despertado. Dois dias, ou melhor, um dia e meio para a grande final, e eu perdendo tempo, amargando no berço metade do dia. Quase chupei o dedo. ▮

A ESTRATÉGIA

CAPÍTULO **14**

▌ Pouco tempo para falar e ter a resposta de Jorjão, não sei em que período ele consegue entrar na internet, o ideal seria telefonar.

Burro, não!

Não devo ser menos vigiado porque estou adormecido. Aposto que eles me veem via satélite, saindo de casa. Para elaborar o plano com Jorjão sem levantar suspeitas, sem deixar rastros, tenho que sair do digital, o campo dominado pela Sociedade da Caveira de Cristal.

Percebi a besteira que fiz falando por telefone com Samara sobre nossa invasão ao Skull. Fui até a casa dela, ela atendeu pela janela. Fiquei meio sem jeito. Não fosse a pressa, o tempo contado para resolver a situação, eu jamais teria ido tão pirilampo tocar a campainha da Samara. E-mail, telefone, aí é diferente. Ao vivo tem meu corpo magrelo e a cara mais ou menos.

A Samara veio até o portão.

— Vou telefonar daqui cinco minutos desmarcando o plano, bobeei. O Skull vigia tudo, devem estar vendo via satélite eu aqui no portão do Mateus. Mas com o telefonema, vai parecer que rompemos, entendeu?

— Tá, vou fazer que acredito.

— Essa é a ideia.

Fui me afastando do portão, ela gritou.

— E depois?

Voltei, antes que ela gritasse mais alto e o Skull nos ouvisse.

— Amanhã vamos comprar pão, darei as coordenadas de sábado.

— A padaria não vai abrir, o dono era superamigo do Arlindo.

— No pátio da escola.

Saí andando devagar, contrastando com meu coração. Muito melhor que jogar dormindo, os passos obedeciam a meus comandos mentais com rapidez. Pedi para as pernas fingirem que não estavam com pressa, que não tinha nada para fazer nos próximos dias, e, perfeito, elas camuflaram minha ansiedade.

A escola estava abrindo para servir de apoio às famílias do bairro. A ajuda vinha de outros estados e até de países estrangeiros. Os bairros vizinhos também estavam isolados, as coisas começaram a faltar para mais gente. Algumas empresas não supriam mais as mercadorias que faltavam para não correr o risco de infectar seus funcionários e ter que pagar indenizações. É fogo. Na escola davam remédio, água tratada e cesta básica. Muita gente ficou desempregada, e quem ainda tinha dinheiro não encontrava os produtos.

Aquele era um lugar certo para as coordenadas, eu iria buscar uns remédios, ela também, o satélite não ia nos flagrar conversando num dos corredores da escola. ▮

A EXECUÇÃO

CAPÍTULO 15

— Esquece o que falei, tomei remédio de febre, eu tava delirando; minha mãe me proibiu de ficar no computador, missão cancelada.

— Seu tonto!

— O quê?

Ela se aproveitou para me ofender.

— A gente ia desvendar os segredos dessa gente má, seu tonto!

Perfeito, deu a deixa para ficar mais convincente.

— Eles não são do mal, já falei. Vou ajudar minha mãe lá na escola, ela resolveu empacotar os alimentos. Vou dar um tempo do computador, pelo menos do jogo. Cansei.

Ela ainda me ofendeu mais um tanto e desligamos. Exagerei no bom moço. Preciso agir de forma analógica até sábado, sem fios, sem internet, sem computador, à moda antiga.

Ainda não tinha terminado o horário comercial. Escrevi ao Jorjão contando detalhes do plano e da missão. Pedi que queimasse aquela carta por motivos óbvios. E que não nos comunicássemos até sábado, quando Samara e eu finalmente estivéssemos na loja dele. Um caminhão passava uma vez ao dia fazendo todo tipo de serviço burocrático, inclusive o dos correios. Mandei a carta ao hospital. No final, fiz uma observação, que a mãe dele não me telefonasse, senão eu entraria em contradição, estava sendo fortemente vigiado. Ele entenderia. Se houvesse resposta, que fosse enviada do hospital, da mesma maneira, amanhã ou sábado de manhã chegaria aqui em casa, com segurança. Se conheço Jorjão, não só ia entender, como ia curtir se enfiar num troço desse.

Não havia mais nada a fazer, só esperar o dia de amanhã. Quem sabe o caminhão traria alguma resposta de Jorjão, de preferência, sem restrições — vai que ele acha tudo uma bela porcaria, que somos dois tontos e nos proíba de entrar na *lan house*? ▌

A DESCONEXÃO

CAPÍTULO 16

Jurei não ligar o computador até o final do dia, assim o Skull ia pensar que estou em outra, que fiquei magoado ou tive complicações em casa. E mais, esses caras devem saber que meu bairro está em quarentena, são informados. Mais uma razão para me eliminar, a qualquer momento eu poderia contrair o Bola e deixar os caras na mão. Eles pensam em tudo.

Meus pais chegaram cansados do velório, ficaram a tarde inteira por lá. Minha mãe pôs no fogo a panela de pressão com legumes e água, meu pai foi tomar banho. Sentei na sala, essa noite eu assistiria à tevê com eles. Tomamos a sopa quietos. Televisão ligada. A novidade era que minha mãe voltou a seguir as novelas, justo quando eu quis fazer companhia. Eu também não tinha nada para fazer, já que não podia me conectar. Depois me toquei, eles estavam numas de me poupar das notícias da epidemia. Não reclamei, fiquei um tanto com eles e fui dormir. Não sonhei.

CAPÍTULO

17 A VÉSPERA

I Sexta de manhã, acabei meu achocolatado e ouvi a campainha.

Correio.

— Carta do hospital pra você, Vítor!

Minha mãe foi pondo os óculos e abrindo o envelope sem levar em consideração o remetente, eu. Tirei da mão dela e fui para o quarto, tranquei a porta. Ela veio atrás.

— Vítor! Não brinca, deixa a mamãe ver o que é, uma carta do hospital.

Abri a porta do quarto e dei a carta para ela. Uma folha escrita à mão quase ilegível, várias impressões de artigos de internet. Ela olhou aquilo, antes que perguntasse, eu esclareci.

— Jorjão que mandou lá do hospital. Ele tá sem computador, não tem o que fazer e manda cartas.

Carta é o e-mail antigo, isso ela entende.

— Jorjão esquisito, deve mexer com droga, cabelo comprido.

— Você conhece a mãe dele, nada a ver.

Ela saiu do quarto mais calma. Eu precisava ter lido a carta antes dela, alguma coisa podia me entregar, se bem que duvido que ela entendesse. E nem acharia grave, só ridículo. Quanto ao Jorjão, era mania das comadres detestarem o cara, porque é quase coroa e não casou. É quietão, na dele; ela deve ter medo que eu fique como Jorjão. I

A CARTA

CAPÍTULO 18

I Peguei a lente de aumento do vô Rubens para ler a carta, as letras eram miúdas. Deu certo.

Vítor, você agiu como agiria um adulto bem preparado. Parabéns, rapaz! Seguinte: você e a Samara poderão utilizar os computadores da loja a noite toda do sábado. Arrumem uma desculpa honrosa para passarem a noite na lan house*. Como precisarão dormir, pegue as almofadas dos assentos das outras máquinas e improvise um colchão.*

Darei apoio absoluto para a missão. Quando tentei entrar para o Skull, fui logo eliminado nas primeiras fases. Achei estranho, logo eu, exímio jogador. Percebi que minha máquina travava e desisti. Não se preocupe, nessa época estava usando meu computador pessoal, que fica no meu quarto, outro IP, nenhuma ligação com os da loja.

Além do mais, criei um software de segurança, o GP (Guardião da Privacidade), ele confunde os buscadores e rastreadores de internet. Minhas máquinas são seguras, limpas e protegidas dos olhares alheios. Só eu tenho acesso às pegadas digitais que os clientes deixam quando usam os computadores. Claro que apago tudo, não sou de bisbilhotar.

Então pesquisei a empresa BlackStar, primeira detentora dos direitos do Skull, e descobri que era um nome de fachada. Desconfiei de imediato, ali devia ter coisa maior e perigosa. Se eu estiver certo, acho que você e a Samara poderão trazer de volta a normalidade para nossas vidas. Acredito que a Sociedade da Caveira de Cristal está por trás da epidemia que está matando boa parte da população.

Leia com atenção os impressos que mando anexos. Você vai ligar os pontos e entender aonde quero chegar. Sábado à noite, utilizarei um computador daqui do hospital e me aliarei a vocês na invasão ao Skull. Consegui um do almoxarifado, muito lento, mas pode dar conta do recado. Deixarei ao lado do meu leito, peço para enfermeira não o desligar. Se tudo der certo, seremos três contra a Sociedade da Caveira de Cristal!

Sua carta já foi queimada, depois que decorei a frase encantada, aquela do Senhor do Sono. Queime esta também.

Até já,

Jorjão ∎

AS INFORMAÇÕES

CAPÍTULO **19**

┃ O cara é grande. Escrevi a frase encantada, a que leva os jogadores ao sonho em comum, porque Jorjão meio que gosta de poesia, vive de preto. Achei que ia gostar. O cara é grande, pensou maior ainda, e seremos três.

Os impressos ele tirou da internet, creio. Onde mais? Primeiro impresso:

Em 1773, na região onde hoje fica a Guatemala, foi dito a um frade que, perto de seu convento, havia uma cidade fantasma. Ele deu crédito ao boato e acabou descobrindo, no meio da mata fechada e úmida, uma cidade incrível. Uma obra de arte com pirâmides, praças, ruas, estruturas imensas, paredes cobertas por uma espécie de hieróglifo indecifrável. Concluiu que tal desenvolvimento apontava para uma origem romana, talvez fenícia ou grega, da cidade, alguma obra do passado europeu. Mas, não, a cidade suntuosa fora obra e morada dos cautecas.

Posso ver daqui a nuvem de borrachudo em volta do frade. Mil setecentos e bolinha. Faz tempo, Jorjão.

Segundo impresso:

Originários da América Central, por milênios os cautecas foram um dos povos mais avançados do mundo. Possuíam uma ciência superior à dos gregos, estradas melhores que as romanas, eram exímios médicos e pensadores, as pirâmides tinham a mesma excelência e o mistério das egípcias. Surgidos há mais de 2.500 a.C., os cautecas se organizaram em diversas cidades com administrações independentes, mas unidas pelas crenças e pelo comércio. Mas a civilização entrou em colapso por volta de 900 d.C., só algumas cidades menos importantes sobreviveram, até desaparecerem com a chegada dos espanhóis, no século XVI.

O que esse povo velho tem a ver com a missão? Terceiro impresso:

Os cautecas construíram um calendário próprio. Competentes observadores das estrelas, eram adoradores da mais próxima, o Sol. Com o calendário, previam tempestades solares só hoje verificadas nos grandes observatórios e provadas como fenômeno cíclico do astro. Seguiam o calendário, usando-o como guia para as atividades religiosas e políticas, as colheitas e os sacrifícios — oferendas animais e humanas eram dedicadas ao Sol. Uma das teorias para o extermínio da civilização é que se deixaram abater por uma invasão no ano 900 d.C. Eles teriam previsto a vinda de um deus destruidor, com o qual não poderiam medir força, e se deixaram exterminar, aceitando o final destinado a eles pelos deuses. O clima tropical e a erosão provocada pelo tempo quase apagaram de vez os vestígios da civilização cauteca do planeta.

Putz! O Jorjão estava dispersando. Quarto impresso:

Um artesanato cauteca foi descoberto por um arqueólogo britânico em 1927. Era um crânio humano perfeito, esculpido num bloco de cristal de quartzo, de tal forma que os pesquisadores classificam como mistério a fabricação desse objeto por um povo com mais de 4 mil anos. Pelo menos trezentos anos de trabalho teriam sido necessários para dar polimento a essa caveira de cristal. A escultura ainda guarda um capricho, pois a boca, em sua parte superior, tem a ação de um prisma: quando iluminada de baixo, a luz se ergue, não só iluminando os dois olhos, como também saindo por eles.

Jorjão, Jorjão. Sabia que ele tinha inventado a notícia do preso da caveira de cristal. Foi daí que ele tirou. ▌

CAPÍTULO **20**

A TEORIA

I Quinto impresso, o mais longo:

Josh Campbell, antropólogo e ufólogo amador, é um entusiasmado estudioso da civilização cauteca. Seus estudos, no entanto, são refutados pela comunidade científica por falta de dados que comprovem suas teorias, no mínimo extravagantes. Sem comprovação científica e ridicularizado por pesquisadores das mais renomadas universidades, Campbell mesmo assim publica, em edições mínimas, livros com suas teorias. Um deles é Sociedade da Caveira de Cristal, *de onde extraímos esse trecho:*

"A civilização cauteca não só teve contato com extraterrestres, como também foi instruída por eles. A comunidade científica se recusa a reconhecer os indícios porque o fato amplia o sentido político do planeta. É a prova de que há vida fora da Terra, e isso desarranjaria um bocado as coisas, inclusive com a demissão de cientistas renomados, sendo descredenciados, perderiam as benesses de seus cargos.

Ao longo do livro, explicarei com mais detalhes a origem desses seres extraterrestres — que, por sinal, ainda estão presentes entre nós. Por ora, fico com a primeira e digna prova, a caveira de cristal, artefato construído com tecnologia altamente avançada, sobre-humana na época de sua manufatura. O prisma na parte superior da boca nada mais é do que um chip líquido, 'congelado' depois de sua confecção para sobreviver ao tempo, sem ter, no entanto, as propriedades do gelo. No chip, estão guardadas informações secretas, segredos de nossa civilização, e só poderá ser lido em um computador muito além de nossa tecnologia atual. A caveira de cristal é uma espécie de disquete extraterrestre e foi o símbolo máximo da Sociedade da Caveira de Cristal. Datada de 2500 a.C., é na verdade bem mais antiga, pois advém de outro planeta. No estatuto da Sociedade, uma das exigências é a obediência às ordens celestes. Seus membros guardavam saberes jamais sonhados, literalmente, pelos terráqueos.

Eles acreditam que, de sete em sete dias, há um justo posicionamento dos astros que pode proporcionar aos humanos o que eles chamam de 'treze', um estranho efeito de que sabiam se beneficiar: um sonho coletivo. Recorrendo a uma frase encantada, e a rituais que abordarei adiante, os cautecas vivenciavam o sonho coletivo a cada ciclo de sete dias. Sonhavam o mesmo sonho com o objetivo de trabalharem no mundo onírico, preparando a unificação dos povos da Terra para uma futura batalha contra seres de galáxias mais avançadas.

Porém, mesmo sabendo que a descoberta do treze poderia beneficiar todas as pessoas, de todas as classes sociais, esses poderes foram mantidos em segredo entre os cargos mais altos da sociedade cauteca. Ao que tudo indica, a Sociedade da Caveira de Cristal não foi extinta. Ela se mantém de geração em geração, de era em era, nas mãos dos descendentes dos depositários do segredo celeste.

O mais intrigante é que, segundo o calendário cauteca, estamos em um período há muito esperado pelos membros. Eles trabalharam para não deixar desaparecer a Sociedade até que esse momento chegasse, e esse tempo é agora, nossa época. Segundo eles, estamos hoje vivendo sob um alinhamento celeste que gera grandes mudanças e catástrofes. Os membros da Sociedade da Caveira de Cristal devem preparar seus soldados, beneficiando-se *não só do alinhamento perfeito dos astros em relação ao Sol, como da presença, em nossos tempos, do 'deus que tudo vê'.*

Pergunto-lhe, leitor, não seria, esse 'deus que tudo vê', algum satélite? Não seria por meio dele e dos demais rituais que os desígnios da Sociedade da Caveira de Cristal podem se fazer reais?

Qual a intenção da Sociedade da Caveira de Cristal? Tentar impedir as catástrofes anunciadas pelos céus? Ou estimulá-las, a fim de seguirem com seus objetivos bélicos espaciais? Tudo indica que a segunda hipótese seja a correta, leitor. Pois, pelo que se sabe, os cautecas não eram dados a resistir às ordens vindas dos 'deuses', seus chefes extraterrenos.

E é pelo trabalho onírico que os membros da Sociedade são capazes de controlar o destino do homem e do mundo. Atrevo-me a pensar que esses homens nos manipulam neste exato momento, sonhando nosso destino, debaixo do 'deus que tudo vê'. Se assim for, como quero provar, caro leitor, então somos fantoches de extraterrestres, que vieram ao nosso planeta e construíram a chamada civilização cauteca, berço da Sociedade da Caveira de Cristal." ∎

A ANÁLISE

CAPÍTULO 21

▌ A cada passagem desse quinto impresso, eu sentia uma lufada de emoção, quase vertigem. Era como estar em plena partida do Skull, mistura de sono profundo com a lucidez. Fui tomar uma água na cozinha, voltei e li de novo, mais frio, analisando os fatos.

Vejamos: "onírico" foi o termo que o Senhor de Cristal usou ao falar do Skull, "*lan house* onírica"; ele também disse que a Sociedade da Caveira de Cristal tem mais de 4 mil anos, o que bate com as contas do antropólogo; o ciclo de sete dias, o jogo só acontece aos sábados, sétimo dia da semana; a frase encantada que os selecionados usam para entrar no jogo em sonho; o satélite; o sonho coletivo; uma grande missão. No caso do Skull, combater os Homens de Branco, segundo a teoria do cara, seria preparar a Terra para uma guerra entre planetas, manipulando nossa vida através dos sonhos. Tirando os objetivos, o resto se encaixa.

Minha mãe entrou no quarto para perguntar qualquer coisa que não ouvi, e percebi que estava esquecendo o mais importante. Tinha que bolar um jeito de eu passar uma noite na *lan house* do Jorjão com a Samara. A essa altura, eu ia nem que fosse sozinho, nem que fosse debaixo de fogo, nem que tudo. ▌

CAPÍTULO 22

O ANDAMENTO

Comuniquei à minha mãe que eu iria até a escola e perguntei se ela queria alguma coisa de lá.

— Você não me respondeu, cansou do computador?

— Dando um tempo.

Ela sorriu, sorri junto. É bom vê-la assim. Pediu remédio para dor de cabeça, que o nosso estava no fim. Foi só a farmácia ficar fechada para todo mundo arranjar de ter dores. Saí com os impressos debaixo do braço. Menos a carta, que queimei na pia do banheiro com a torneira aberta, aos poucos, para disfarçar a fumaça e o cheiro.

A escola estava cheia de gente, uma galera jogando bola, gente tomando sol e outras na fila para pegar mantimentos e remédios. Estava quase na vez da Samara na fila do leite. Quando me viu, pareceu feliz, mas logo em seguida fechou a cara, eu tinha certeza de que ela ia reclamar do meu atraso.

— Temos cinco minutos, Rodolfo tá me esperando em casa.

— Falou pra ele que vai dormir comigo?

Não pude resistir, foi a melhor frase da minha vida.

— Se enxerga, moleque!

— Desculpaê, é a verdade.

— Não vai dar certo, tá complicado.

Entreguei para ela os impressos.

— Quando ler, vai pirar, é forte o negócio. Tô disposto a fugir, sair escondido. Nunca fiz isso, minha mãe nem vai desconfiar.

— Fugir eu não vou. Vão dizer que fugi de casa pra dormir com o Vítor na *lan house*. Tava louca quando concordei.

Assustei a menina com a minha frase sincera.

— Jorjão topou, vai estar com a gente lá do hospital, seremos três contra a Sociedade da Caveira de Cristal.

— Tenho que ir.

Foi saindo meio aborrecida, meio entediada. Peguei-a pelo braço, eu estava impossível.

— Amanhã, às sete da noite, no Jorjão. Só pra lembrar, eu entrei no Skull por sua causa, lembra?

Ela arrancou o braço da minha mão e saiu trotando para os brações do namorado. A vida deve ser muito chata com o Rodolfo.

CAPÍTULO 23

O SÉTIMO DIA

O resto da sexta-feira passou feito um cometa. A manhã do sábado foi um foguete, mas depois do almoço, o tempo ficou elástico de propósito. Como tinha acelerado antes, agora ia desacelerar para ficar equilibrado. Saco.

Decidi mesmo pela fuga. Não estava a fim de bolar coisa nenhuma, dar explicação, melhor fingir que seria uma noite qualquer, sem mudanças. Nada ia me segurar em casa. Não tomei uma gota de café, precisava ter um sono sem problemas de decolagem e sem escalas.

No finalzinho da tarde, disse para minha mãe que ia perguntar do Jorjão para a mãe dele, que tinha achado ele meio triste na carta.

— Não se meta com Jorjão, é muito mais velho, você é um menino, não é boa companhia.

— Maldade. Ele tá sozinho no hospital, a mãe dele ia gostar de saber que alguém se importa com ele.

Ela ficou pensando, foi uma manobra arriscada, por causa da implicância que ela tem. Mas a missão era inteira arriscada, correria risco por risco, um por um. Não podia mentir, dizendo que ia ao colégio. Quanto mais sincero, mais confiável. Afinal, ia mesmo à casa do Jorjão, precisava pegar a chave da loja com a mãe dele para entrar lá à noite.

— Vá, um pé lá, outro cá.

Ela teve piedade do Jorjão ou da mãe, não sei. Toquei a campainha da *lan house*, nos fundos morava a chave do Skull. A mãe do Jorjão veio pelo corredor lateral da loja.

— Vim pegar a chave da loja.

— Pode deixar que eu abro e depois fecho. Entre.

— É que vou poder vir mesmo só mais tarde ou amanhã bem cedo, daí não queria incomodar a senhora. Se eu já pegasse a chave, ficava na boa.

A cara dela dizia que eu estava lascado, que papinho besta para levar a chave dali.

— Estou de olho no senhor, se eu pegar a molecada do bairro aqui dentro, tiro todo mundo à vassourada. Vou dar, menino, só porque Jorjão pediu.

— Trouxe pra senhora, minha mãe mandou.

Entreguei um pires de suspiros frescos, que levei coberto por um guardanapo, as pontinhas queimadas, a base ainda úmida da massa de açúcar. Comi um no caminho. Mãe com mãe falam a mesma língua. A minha ficou com pena da dele, a dele me respeita por causa da minha. ▌

CAPÍTULO 24 OS PREPARATIVOS

Tudo certo.

Jorjão tinha preparado o meio de campo, previsto a "Operação Chave" e adiantado as coisas. Perfeito. Saí com ela no bolso do moletom. Essa chave era meu verdadeiro Passaporte de Cristal.

Cauteca, que nome para uma civilização. Parece nome de picolé com formato de martelo. Cauteca, cauteca. Hora dessa Samara já leu os impressos. Estava perto da casa dela, era só dobrar a esquina. Mas o satélite, o "deus que tudo vê", trabalha para o Skull, eles me veem. Tenho que ir direto para casa ou podem achar que ainda tenho algum plano com Samara. Por que acha que levei um pires de suspiros? Minha mãe concordou que aquela senhora estava sozinha demais, sem o único filho — nem precisei sugerir o confeito que tinha acabado de assar, ela mesma arranjou tudo. O satélite veria que fui levar alguma coisa para mãe do Jorjão: descobri o pires bem debaixo do sol, na frente do portão, exibi os suspiros. O satélite deve ter visto a razão pela qual fui até a *lan house*. Ir de mãos vazias seria suspeito, alguma troca de informações. Não, eu tinha um objetivo, os suspiros. Fui discreto com a chave, cobri a mão dela com a minha, pareceu um cumprimento de mãos, perfeito.

Seis da tarde.

— Longe de computador dá um sono, vou dar uma deitada.

— Espera um pouco, filho, se não, você acorda de madrugada e não dorme mais.

— Sem problema, daí ligo a tevê baixinho, nem precisa me acordar para jantar, mandei ver no suspiro.

— Toma um leite antes, pelo menos.

Seis e quinze eu estava deitado na cama.

Minha mãe abriu a porta devagarinho, eu fechei os olhos. Ouvi a porta se fechar. Pronto. Às seis e meia ela toma banho, meu pai fica concentrado no jornal. Deixei travesseiros debaixo do cobertor, fechei as cortinas, apaguei a luz do abajur para confundir a silhueta. Já anoitecia, ia ficar bem escuro, parecia um Vítor de costas. Foi o que deu para fazer, se der errado, paciência.

Pé ante pé, saí. Meu pai colado à tevê, a porta da rua fica de costas para o sofá, o chuveiro ligado com minha mãe debaixo. Fingi normalidade andando pela rua. O satélite que tudo vê se perguntava onde ia Vítor às 18 horas e 45 minutos de um sábado. ▍

CAPÍTULO 25

A LAN HOUSE

| O Bola mudou mesmo a rotina, o colégio ficava aberto no final de semana até às oito horas, recreação das crianças pequenas no pátio, gente jogando truco. O povo ia relaxando, aproveitando.

Entrei no colégio como se fosse buscar um remédio, saí em cinco minutos com as mãos enfiadas no bolso, direto para a *lan house*. Cheguei no Jorjão, fingi tocar a campainha, fingi ver a mãe do Jorjão saindo dos fundos, acenei com uma mão, chacoalhei a outra fechada como se nela estivesse uma cartelinha de comprimidos. A entrada para os clientes dava para a rua, essa eu não abriria, entraria pela lateral, o corredor coberto que dá acesso à casa de Jorjão e, antes, à porta da *lan house*.

O satélite devia estar convencido de que eu tinha ido levar remédio para uma senhora sozinha. Eu disse para Samara ao telefone, quando comuniquei meu desligamento do Skull, que dali por diante me tornaria uma pessoa mais prestativa. Fingi entrar na casa como se o portão da lateral estivesse com a chave por dentro. Abri e entrei no corredor, agora sim, fora do alcance do olho que tudo vê. Enganei o satélite. Sim, o grande olho não me verá sair tão cedo da casa. Espero que eles pensem que fiquei assistindo tevê com a senhora, depois adormeci no sofá e acabei ficando até o outro dia.

Sete em ponto.

Não acendi a luz da loja, claro, o grande olho suspeitaria. O poder de um satélite é assustador, há sites que permitem que qualquer pessoa veja, em várias escalas, qualquer parte do mundo em tempo real. Fotografia real, momento real, através do olho que tudo vê. Se bobear um satélite da Sociedade da Caveira de Cristal consegue enxergar até minha cueca.

Escolhi o computador mais distante da porta de entrada, caso eu fizesse barulho, alguém passando pela rua não ouviria. Fiz o que o Jorjão sugeriu, juntei as almofadas dos assentos para colocar aos pés da minha mesa, na hora certa, afastaria a cadeira e me deitaria nelas. Não falei da Samara até agora porque, claro, ela não apareceu. Não há mais que duas reações para aqueles impressos: ou joga no lixo ou prega no teto. Eu os preguei no teto do meu pensamento. É bem coisa do Rodolfinho ter levado a namorada para o pátio do colégio. Se bem que não os vi por lá, devem estar namorando no sofá da casa dela. Vida sem emoção a dessa menina.

PARTE
4

A INVASÃO

CAPÍTULO **1**

█ Liguei o computador e fui direto ao site do Skull, acesso livre, sem barreiras. Não ia dar minha senha nem entrar com meu apelido usual, Gato Félix, perceberiam minha presença. Fiz o que um novato faria, comecei um cadastro de inscrição. Liguei outro computador, o mais próximo, seria o da Samara, caso ela chegasse. Porque se a doida viesse, eu teria que começar do zero na máquina dela e perderíamos tempo. Também, se ela não viesse, seria mais um computador ligado ao Skull. Quanto mais memória e bits alheios disponíveis, melhor para o jogo.

Pensando nisso, liguei todas as máquinas, eram dez. Fui de máquina em máquina, cadastrando e entrando com apelidos diferentes nas salas de bate-papo. Para minha sorte, sim, Jorjão tinha o Skull instalado em todas. Maravilha, não perdi tempo baixando o jogo, instalando um a um.

Já passava um tanto das oito da noite, a partida já tinha iniciado para os selecionados. O horário máximo de chegada para os jogadores é, estourando, meia-noite. No entanto, só os retardatários chegam tarde. A gente deveria entrar o mais rápido possível, passar batido no meio dos grupos, diluídos. Confesso, não sabia como furar o cerco, minha esperança era Jorjão, o cara. Nada de ele aparecer também, será que tinha conseguido entrar no site lá do hospital? Um cara que tem a gana de fazer um software saberia entrar. Se bem que, se ele já soubesse entrar escondido, meio pirata, por que não entrou antes, já que teve interesse no Skull?

Temos que ir direto para a quarta fase, onde se dá a partida que nos interessa. As máquinas do Jorjão eram boas, rápidas, com muita memória, isso é meio caminho andado.

Me lembrei do significado de "caveira" na enciclopédia do vô Rubens: símbolo da permanência da forma. Faz sentido agora, a Sociedade da Caveira de Cristal existe para tornar uma forma eterna, que só eles sabem qual. Cautecas, nome feio.

Nove e quarenta da noite.

Assim que deixei todos os computadores conectados à sala de bate-papo principal do Skull, pude, enfim, me concentrar na minha máquina. ▮

A ENTRADA

CAPÍTULO 2

▌A configuração das salas estava diferente, eram muitas e mais amplas. Skull deu uma reformada na casa.

Bandeirante: Alguém tá sem grupo?
Pica-Pau: Sozinho?

Pica-Pau sou eu. Tenho que encontrar o Jorjão em alguma dessas salas, pode demorar. Pior, esquecemos de inventar uma senha pra gente se encontrar sem deixar pistas.

Bandeirante: Sou um dos eliminados do jogo anterior, procuro novos colegas.
Pica-Pau: Tomou injeção hoje?
Bandeirante: Não entendi.

Não era o Jorjão. Foi entrando uma porrada de gente, perguntar para todos se já tinham tomado injeção, não ia dar.

Monalisa: Oi, Pica-Pau, quer teclar comigo fora do Skull?

Ia virar bagunça, percebi que tinha gente sem noção de onde estava, isso porque são obrigados a instalarem o jogo.

Pica-Pau: Não, valeu.
Monalisa: Tontão, sou eu, Jorjão! Parabéns, Vítor, conseguiu ir pra *lan house*. Estou na enfermaria. Tudo pronto. Samara tá aí com você?

Não acredito que li isso. O Jorjão não pode ter estragado tudo falando abertamente os planos, localização. Não!

Pica-Pau: Não sou o Vítor, desculpe, é um engano.

Monalisa: Ahahahahaha.

Rindo da minha cara, navios afundados, tudo perdido, naufragamos sem sair do lugar. ▮

A FORMAÇÃO

CAPÍTULO 3

Ouvi alguém bater na porta da frente. Pulei da cadeira, encostei o ouvido para descobrir quem era. A essa altura, alguém da Sociedade da Caveira de Cristal vestindo um capuz.

— Vítor?

Samara. Corri para abrir para ela, dane-se o satélite, Jorjão já tinha revelado até nossas calças. Samara entrou aflita, com os impressos do Jorjão enrolados na mão. Indiquei a ela a máquina em que ficaria, caso ainda ficássemos para algum jogo. Mostrei o chat em que eu e Jorjão estávamos, tinha que ser rápido. Samara queria conversar, mas não começava o papo, estava em choque. Quebrei o gelo.

— Leu?

— Fugi de casa, o que acha?

— Tá, se concentre, estamos longe de entrar no jogo, arrume um apelido e seja discreta.

Voltei ao meu computador.

Monalisa: Vítor? Cadê você?
Princesa: Alguém quer jogar comigo?

Virei para Samara. Ela se acha.

— Você é a Princesa?

Ela respondeu que sim, com a cabeça.

Monalisa: E aí, Samara? Vi o Mateus hoje aqui no hospital, quadro estável, não se preocupe.

Princesa: Não conheço nenhum Mateus!

Ela se inquietou na cadeira.

— Ei, o Jorjão pirou! Vamos sair daqui, ele botou a gente numa cilada, vão nos descobrir.

— Calma.

— Vou desligar, sério, tô com medo.

— Só mais uma chance pro Jorjão, volte pra tela.

Samara precisava ficar tranquila, a situação era perigosa, ela podia piorar tudo se ficasse nervosa. ▮

O TESTE

CAPÍTULO 4

Monalisa: Samara? Vítor? Prestem atenção. Vocês passaram no meu teste. Eu não me arriscaria se vocês fossem desleais. Estamos blindados pelo meu software GP, atualizei a versão.

Pica-Pau: Que susto!

Princesa: Não brinca, tem certeza que estamos seguros?

Monalisa: O Skull não consegue ler minhas mensagens, detectam a presença de um jogador entre tantos, mas nossas palavras são geradas aleatoriamente, sem sentido. Logo o sistema Skull reconhecerá uma forma não inteligível e constante de comunicação, vão estranhar e chegarão até meu computador e ao de vocês. Temos que ser rápidos antes que isso aconteça.

Princesa: Posso falar?

Pica-Pau: Deixa o Jorjão terminar!

Senti o olhar de ódio da Samara dirigido a mim, não dei corda, não podíamos ter comunicação paralela numa operação dessa, é por isso que cada jogador fica em sua casa.

Monalisa: Estamos em rede, nós três. Estou usando um programa que vocês podem chamar de satélite do Jorjão, que dá acesso a todos os computadores. No caso, estamos conectados porque sei de cor o número de IP de cada máquina da minha loja, vejo daqui, sei que todas estão ligadas, Samara está na oito e Vítor, na dez. Vocês estão protegidos pelo GP, podem falar.

Agora é que ela desembesta.

Princesa: Se estamos blindados, por que o Skull pode nos descobrir a qualquer momento? As pessoas da sala podem ler a nossa conversa?

Monalisa: Não podem ler, pois já coloquei nossa conversa no reservado aqui do meu computador. O Skull pode nos descobrir porque ainda falta nossa maior arma nesse jogo, um ritual que vamos realizar antes que eles nos detectem.

Princesa: Caramba!

Pica-Pau: Manda ver, Jorjão. ▌

O CIBERESPAÇO

CAPÍTULO 5

❙ Monalisa: Se estão os dois, quase 11 horas da noite na minha loja, é porque leram e entenderam os impressos, confere?

Princesa: Confere.

Pica-Pau: Positivo.

Monalisa: Antes de expor o ritual, é preciso, por precaução, usarmos aqui os nossos apelidos e não os nomes reais.

Princesa: Beleza, Monalisa.

Pica-Pau: Toca o pau, Monalisa.

Monalisa: Segundo o calendário cauteca, estamos hoje no ápice da conjunção astral que permite o maior voo da Sociedade da Caveira de Cristal. Hoje será fundamental que eles avancem em seus objetivos. Temos que impedi-los, acredito nas teorias de Josh de que eles querem propagar o mal, abusando de nosso melhor, os sonhos. Vamos acabar com eles!

Pica-Pau: Só para confirmar, eles têm um satélite, não têm?

Monalisa: Claro! São proprietários de um dos mais poderosos satélites da Terra. Há muitos na órbita do planeta. No livro, Josh Campbell revela que a Sociedade da Caveira de Cristal esperou a contemporaneidade por causa de um único elemento: o desenvolvimento da tecnologia de comunicação em massa. Eles têm um satélite particular, o mais avançado de todos.

Princesa: De onde tiram dinheiro pra isso?

Monalisa: Um dos braços empresariais da Sociedade é uma empresa construtora de satélites, que vende a tecnologia para países e empresas privadas. A Sociedade também tem participações em grandes grupos de comunicação, incluindo servidores de internet. São donos dos maiores servidores, ou seja, proprietários de quase todo o ciberespaço.

Pica-Pau: O ciberespaço não é ilimitado?

Monalisa: É como a Terra, o espaço em volta dela pode ser infinito, mas na prática nosso espaço é o lugar que ocupamos. Nesse caso, a Sociedade ocupa o ciberespaço de formas ainda nem pensadas pela maioria das pessoas, estão à frente, como os primeiros navegadores. Tá tudo dominado.

Princesa: Entendi a parte "dominado".

Monalisa: É suficiente. ∎

O RITUAL

CAPÍTULO 6

| **Princesa**: Diz aí, Monalisa, aquele preso do crânio de cristal faz parte da Sociedade?

Monalisa: Tenho para mim que ele era um descendente dos cautecas. O que não sabemos é se todos os descendentes fazem parte da Sociedade, já que nós temos uma caveira de osso, e isso não nos impede de estarmos no jogo.

Princesa: Como vamos saber do que é feito nosso crânio?

Tem que pôr limite na Samara, o Jorjão não tá ligado.

Pica-Pau: O tempo tá correndo.

Monalisa: Tem razão, vamos ao ritual.

Pica-Pau: Você tirou o ritual do livro?

Monalisa: Exato, são rituais cautecas.

Agora fui eu quem olhou para a Samara, ela não retribuiu o olhar, mas sei que estava tão nervosa quanto eu.

Monalisa: A missão deles é preparar soldados humanos, mudando o destino dos homens através do sonho. Um sonho coletivo, controlado pela Sociedade. Muito bem, vamos invadir o jogo sem precisar atravessar as fases usuais para alcançar o estágio do sonho coletivo. O ritual cauteca nos levará direto à grande partida.

Pica-Pau: Vamos, não aguento mais.

Princesa: Nem eu.

Monalisa: O ritual é simples, faremos uma respiração especial que repetiremos treze vezes, com intervalo de treze segundos entre cada respiração (respirem normalmente no intervalo). Com este ritual, entraremos no estágio mais profundo do sono, só que acordados. Logo após, inserimos um número, que darei a seguir, na sala de bate-papo. Rápido, enquanto meu software ainda embaralha nossas mensagens, em hipótese alguma a Sociedade pode ler esse número, seríamos flagrados. Com os números digitados, nos acomodamos deitados, assim como cada integrante do jogo faz, mãos sobre o umbigo e a frase mágica. Isso fará duas coisas ao mesmo tempo: caímos direto no jogo e ficamos invisíveis!

Pica-Pau: Como pode garantir?

Monalisa: O ritual cauteca de respiração nos deixa com o que eles chamam de duplo etéreo, é como se tivéssemos duas cabeças cada um e, portanto, dois sonos. Como a plataforma do jogo só admite um sono por jogador, vai eliminar o outro, que será considerado lixo do sistema. Em compensação, o mesmo sistema nos receberá porque entoaremos a frase mágica. As duas informações ao mesmo tempo, eliminar e aceitar, anularão a presença visual, os bits que formariam nossa presença ficarão inativos. Estaremos imperceptíveis, invisíveis. Era assim que os cautecas faziam para se infiltrar no sonho dos outros, invisíveis, mas atuantes.

Princesa: Me deu enjoo.

Pica-Pau: Minha pressão deve estar sete por cinco.

Monalisa: A respiração vai normalizar o organismo.

Estava exausto com tanta explicação do Jorjão, queria entrar e pronto. Mas entendi, pelo sistema invisível, não era preciso formar um grupo de seis integrantes, nem obedecer regra nenhuma, estávamos contra a lei do Skull, três piratas. Jorjão deu as instruções, nada complicado, respirar treze vezes cobrindo a narina direita, depois cobrindo a esquerda, e assim até completar treze vezes, terminando na esquerda. Fizemos os três ao mesmo tempo. No final, senti o corpo diferente, Samara fez um "joinha", parecia calma.

Monalisa: O número: 856485623498571398713.

Digitamos a sequência numérica. Imediatamente, os dez monitores ficaram pretos. Achei que tivesse acabado a luz ou que os computadores tivessem sido desligados. Aos poucos, foi surgindo uma caveira de cristal em cada monitor. Seja o que Deus quiser. Passei por escrito a frase para Samara. A gente se ajeitou, cada um num monte de almofadas, mãos cruzadas sobre o umbigo.

CAPÍTULO **7**

A TERCEIRA NOITE

┃ — "Senhor do Sono, sou teu pote, a ânfora onde derramas o escuro teu. Dá-me a ida e a volta, amigo meu."

É preciso um bocado de coragem para ser invisível. Não ser visto não é como pensei, porque sempre me achei invisível para o mundo, mas era diferente. Não ser visível é como não existir. Não nos víamos, a Samara não existia, nem o Jorjão.

Monalisa: Estão bem?

Princesa: Começou? Não consigo ver nada, nem vocês.

Só de ouvir Samara, me tirou o mal-estar.

Pica-Pau: Acho que o ritual deu errado.

Monalisa: O que sentem?

Princesa: Isso é uma porcaria, não estou sonhando, só ouço vocês, quero acordar, parece que vou cair.

Pica-Pau: Não se preocupe, você já está no chão, estamos deitados na *lan house*.

Monalisa: Acalmem-se, intuo o que está acontecendo.

Pica-Pau: Então fa...

Monalisa: Fiquem em silêncio, aquietem a mente. Nossos corpos estão em choque, por isso o desconforto.

Jorjão parecia à vontade.

Monalisa: Contarei até dez; no um, pensem na caveira de cristal e permaneçam nela até o três; no quatro, suavizem a expressão da caveira; no seis, mentalizem o cristal sem forma, puro e bruto.

O Jorjão é meio poeta, mas confio nele. A Samara ficou quieta, eu resolvi obedecer ao Jorjão, ele tem uma idade muito reconhecida.

Monalisa: No dez, abram os olhos.

Princesa: Meu olho está fechado porque estou dormindo; se abrir, acordarei?

Sabia que ela ia se meter.

Monalisa: Você está mais conectada ao sonho e ao jogo do que imagina, não acordará tão fácil. Falo de outros olhos. Concentrem-se, após a contagem, vocês abrirão os olhos da mente. Começando, agora: um... dois... três... quatro... cinco... seis... sete... oito... nove... dez.

Princesa: Caramba!

Monalisa: Conseguimos.

Inacreditável! Nossos olhos se abriram. Vi Samara de vestido longo, uma mulher bem mais alta, usava máscara de tigre. Jorjão usava roupa de astronauta, sem capacete, com máscara de gavião. Eu era mais baixo que o loiro grego da outra vez, usava uma calça justa e um manto vermelho nos ombros, tinha um colar de pedra verde no meu pescoço. Samara rodopiava.

Princesa: Vim como queria.

Monalisa: Tem um tigre no seu rosto, mocinha. Vocês combinam, Samara veio de princesa e Vítor, de rei. Soberanos selvagens.

Beleza! Estava menos ridículo do que calculei, não tinha identificado minha roupa. Rei é rei, só não sabia o que cobria a minha cara.

Pica-Pau: Do que é minha máscara?

Monalisa: Veja-se no lago e repare na pedra que adorna seu traje, um jade esplendoroso.

O lago começava a dois palmos dos meus pés, me virei, procurei meu rosto e vi minha máscara, um galo. Gostei, um galo bravo, imponente. A Samara também se refletia no espelho, fingia que as mãos eram garras.

Estávamos num jardim maior que um bairro, mais, não dava para ver seu fim, parecia uma fazenda. As plantas eram geométricas, árvores baixas com folhas redondas e cintilantes, tipo lantejoula, só que do tamanho de uma laranja. Elas faziam um círculo em volta de outra árvore, mais alta e absurda: as folhas eram raízes, como dedos apontando para o céu ao final de cada galho, mas transparentes, dava para ver o sangue verde, a clorofila correr dentro delas. Agora imagine esse conjunto aos montes pela fazenda. De tantas em tantas, alguma árvore-raiz exibia sangue de alfazema, dedos lilases. As baixotas de folha-lantejoula refletiam a cor dos dedos, um troço de ficar olhando por horas. Como o sangue circulava, o brilho era pulsante e colorido debaixo de dois sóis. Um à direita, outro à esquerda.

Daqui a pouco estou eu fazendo um poema, isso aqui é muito perigoso. As borboletas batiam no meu peito, uma libélula se agarrou ao bordado de Samara.

Monalisa: Estamos invisíveis, nem os insetos nos veem, ritual perfeito.

Um felino de grande porte vinha em minha direção. Em seguida mais dois, mais dez, mais vinte.

Monalisa: Estão indo beber água no lago, não se assuste, eles não o veem.

Pica-Pau: Isso pode me comer numa dentada.

Monalisa: É um jaguar, que belíssimo pelo, majestoso!

O Jorjão estava emocionado.

Monalisa: Não imaginava que fosse tão extraordinário! Sentem seus corpos leves?

Princesa: Não consigo andar depressa.

Pica-Pau: Não façam esforço, consome a vida dentro do jogo. Temos que ficar próximos, perderemos menos energia.

Monalisa: Grande, Vítor! Nessa idade e já adaptado ao sonho.

CAPÍTULO 8

ARMADOS

❙ Estávamos plácidos ao lado de vinte jaguares, como se eles não comessem carne como a nossa. Dessa vez, não tínhamos armas, afinal, não passamos pela fase de distribuição. Em teoria, era a batalha final, a decisiva. Se não tínhamos as armas do Skull, em compensação, era nosso o mais poderoso arsenal cauteca: estávamos invisíveis.

Monalisa: Ok, crianças, vamos ao trabalho!

Aproveitei para tirar uma dúvida.

Pica-Pau: Por que você não participou do Skull antes, se sabia como entrar?

Jorjão, o gavião astronauta, desviou o olhar das árvores brilhantes e me encarou.

Monalisa: Josh Campbell diz que nenhum cauteca realizava o ritual sozinho, não surtia efeito e havia perigo de vida. Até para isso é preciso uma configuração, no caso, três pessoas no mínimo.

Samara balançava a cauda do vestido, olhando-se caminhar.

Princesa: Claro que o Mateus ia ficar doente de tanto computador, vale a pena ficar doente, internado, qualquer coisa.

Jorjão ficou com uma expressão preocupada.

Monalisa: Aqui é quase uma alucinação. A emoção é passageira, o que importa é a vida real.

Pica-Pau: Temos que agilizar, o tempo em sonho passa mais rápido.

Ele é bom, mas dispersa, eu já tinha algumas manhas com o Skull.

Princesa: Você se acha, Vítor.

Pica-Pau: Enquanto você está indo, eu também estou, só que pela terceira vez.

Monalisa: Tem razão, menino. Vamos lá, pela forma como entramos, suponho que se trata de uma batalha mental. Nesse ambiente, é melhor pensarmos como se não estivéssemos pensando.

Princesa: Como assim?

Monalisa: Pense.

Princesa: Mas se eu pensar vou estar pensando.

Monalisa: Quando se comunica, você naturalmente pensa antes e durante a fala.

Princesa: Eu pensei agora?

Monalisa: Pensou.

Princesa: Não parece, não veio nada na cabeça.

Monalisa: Perfeitamente, é desse nada que precisamos, só que bem forte.

E eu reclamava da minha turminha anterior.

Pica-Pau: Como vamos seguir a missão, se não sabemos como ela é? Pode até ser que a batalha já tenha sido travada.

Princesa: Descobriremos com nossas mentes.

Os felinos foram saindo do lago, em fila indiana, seguiam em direção ao pôr do sol, o que se punha à direita.

Monalisa: Eis um sinal, seguiremos os jaguares.

CAPÍTULO 9

OS VERDADEIROS INIMIGOS

Princesa: Eu vou por último.

Fiquei com vontade de rir, a Samara toda desengonçada, mesmo com corpo de mulher e traje nobre. Mantive minha expressão de galo cívico. Seguimos, as árvores recebiam a luz do meio-dia de um sol, e a do crepúsculo de outro. No mundo normal, a luz mais forte ofuscaria a luz mais fraca, aqui, as duas não conflitavam. Samara e Jorjão andavam olhando tudo ao redor, entendo, era o primeiro Skull deles. Mas a gente precisava se situar.

Pica-Pau: Se o Skull é o inimigo, então os Homens de Branco são nossos amigos, certo?

Monalisa: A Sociedade da Caveira de Cristal já sabemos de onde vem. Já os Homens de Branco, de onde surgiram? Precisamos ter cuidado.

Princesa: Olhe aí minha teoria, melhor que a do antropólogo.

Monalisa: Teoria? Fale dela, mas sem parar de andar.

Princesa: Seguinte: faz de conta que as famílias da Órus14 são o Bola. E os Homens de Branco são os médicos que tentam curar a humanidade. O Skull quer destruir as defesas, para que todo mundo se contamine.

Monalisa: Espere, Órus14?

Jorjão diminuiu o passo sem parar a caminhada.

Pica-Pau: Tem a ver com os cautecas?

Monalisa: Sim, eles se localizavam no paralelo catorze. Além disso, Órus é uma das constelações mais importantes para a Sociedade da Caveira de Cristal.

Pica-Pau: Faz sentido.

Princesa: Óbvio que faz, tonto.

Com o uniforme da escola, Samara fica menos estúpida. Ela é igualzinha fora do jogo, mas eu não tinha reparado.

Monalisa: Nesse caso, os Homens de Branco são nossos amigos. Precisamos avisá-los de que estamos do lado deles!

Pica-Pau: Impossível, estamos invisíveis.

Monalisa: Invisíveis para a plataforma do Skull, talvez os Homens de Branco sejam resultado da força que as pessoas boas expelem ao dormir, pelo mundo. Eles estariam aqui porque a Sociedade da Caveira de Cristal consegue juntar todos os sonhos num só; não sendo do Skull, talvez possam nos ver.

Princesa: Entendi! Eles seriam zeladores do sonho das pessoas legais, daí o Skull junta os zeladores de todas as pessoas, sem que elas saibam.

Pica-Pau: Acho que só de quem está jogando, o vô Rubens...

Monalisa: Está vendo o seu Rubens?

Princesa: Não, não. Ele acha que vê, é coisa da cabeça dele.

Pica-Pau: Não contei, Jorjão, mas meu avô tá no Skull.

Jorjão parou de caminhar e virou-se para mim, sério.

Monalisa: Se eu pudesse, traria seu avô de volta, o seu Rubens era dos meus. Mas é impossível. Não falemos mais sobre isso...

Ele nem me deixou explicar, o clima ficou pesado, achei melhor desconversar.

Pica-Pau: Vamos em frente!

CAPÍTULO 10

AS FORÇAS DO MAL

Um sol já dormia, o outro começava a descer. Os jaguares seguiam o curso por entre as alamedas, raspavam o rabo num caule e noutro, Samara raspava a mão imitando-os.

Monalisa: A Sociedade da Caveira de Cristal usa a força mental de cada jogador. Isso é grave, nos rouba a seiva vital e nos faz dependente dela, de alguma maneira.

Princesa: O Skull.

Eu estava intrigado, o vô Rubens tão real nas outras partidas, nem Jorjão me deixou livre para falar sobre isso, Samara então, nunca deixou. É normal eu saber coisas e não dividi-las, mas isso era fundamental para o jogo e para mim.

Pica-Pau: O vô Rubens disse que eu devo salvar a humanidade.

Os dois ficaram quietos um tempo.

Monalisa: Ele era um Homem de Branco?

Jorjão achou melhor não me contrariar.

Pica-Pau: Fazia parte das famílias.

Princesa: Era um vírus!

Monalisa: Não, deve ter sido uma infiltração de sua consciência no próprio jogo. O Skull detectou e, por isso, o eliminou.

Os jaguares, de repente, aceleraram o passo, e em instantes corriam a uma velocidade não acessível aos nossos corpos.

Monalisa: Vamos, eles devem nos levar a algum lugar ou devem estar respondendo a algum chamado. ▮

CAPÍTULO 11

O SACRIFÍCIO

Os jaguares ficaram ainda mais sardentos com o sol da esquerda, acho que corriam da noite. Uma lua apontou acima de nós, a luminosidade se espalhava em nossas costas.

Princesa: Uau, são três luas!

Monalisa: Não pare, Princesa, não podemos perder as feras de vista.

O horizonte, coisa de sonho, encurtou-se, como onda que volta para o mar. Nisso, os jaguares diminuíram a velocidade, adiante surgiu uma caverna num imenso jade. Caverna porque era uma abertura na pedra, mas bem podia ser um palácio. As árvores raleavam até ela, surgiam em tamanho menor e mais espaçadas. Espirais ornavam a entrada, talhadas também no jade, verde-água. Das espirais, de seu ponto mais alto, surgiam espigas, o trabalho era tão bem-feito, que de longe víamos a definição dos cabelinhos de milho.

Os jaguares entraram, um a um. Ficamos parados os três, na abertura.

Monalisa: Pode ser uma armadilha, é o risco que corremos.

Princesa: Órus14 pode estar aí dentro.

Pica-Pau: Tudo pode acontecer, da primeira vez a Órus14 estava no estômago de um monstro, na segunda, dentro de uma gavetinha.

Princesa: Se não podem nos ver, por que não entramos na caverna de jade?

Nem precisamos responder, seguimos.

Jorjão na frente, Samara atrás, eu no meio. O pé-direito era mais alto do que podíamos supor do lado de fora, arrisco uns vinte metros. Pelas paredes, polidas como joia, os jaguares. Sim, eles estavam na parede, deitados em sulcos talhados, côncavos, camas construídas do tamanho deles e para eles. Dez de um lado, dez de outro. Um salão verde, com as feras sardentas pipocando ao redor. Só não nos seduzia por completo porque o que estava no meio do salão nos fez recuar dois passos.

Um altar, feito do mesmo jade bruto que a caverna, se levantava no meio do salão. Sobre ele, duas bandejas com olhos úmidos e sangrentos, com veias. Eram muitos olhos, de centenas de humanos. Olhos negros, pareciam vivos, nos vendo. Entre uma bandeja e outra, uma pia por onde escorria uma água leitosa, sentíamos da entrada o seu perfume. Atrás do altar, olhando ao infinito, uma mulher da minha altura, vestida de astronauta, como o Jorjão.

Monalisa: É um ritual, talvez seja cauteca.

Dois homens, com botas que iam até a virilha, traziam uma moça amarrada. Enquanto um homem segurava o tronco e as pernas dela, o outro repousava sua cabeça na pia.

Princesa: Não quero mais. Faça eu voltar pra minha casa, minha cama!

A mulher da minha altura começou a lavar os cabelos da moça. Dos cabelos passou ao rosto, aos olhos e então...

Monalisa: Não olhem, meninos!

Por sorte, o ato não emitia som, porque sim, eu desmaiaria antes de Samara. ❚

CAPÍTULO

12 O SKULL AVANÇA

Monalisa: Podem abrir os olhos, já foi. Em sonho, tudo é possível, não se assustem.

Princesa: Estou passando mal de verdade ou é sonho?

Monalisa: O sonho também nos consome, o corpo não para. A sua aflição é real.

Princesa: E se eu morrer?

Pica-Pau: Nem que você quisesse, tem um dispositivo de segurança, se ficar mal para valer, você acorda.

Monalisa: Respira, é só um sonho.

Os homens levaram a moça cega. A mulher pegou as duas bandejas e foi passando pelos jaguares, de um em um, servindo os olhos. Eles estouravam as bolinhas com os dentes e lambiam o que espirrava delas.

Monalisa: Acho que estamos no coração da civilização cauteca, jade e jaguar são elementos dessa cultura. Presenciamos um sacrifício, voltamos no tempo!

Pica-Pau: Estranho que não há sequer um jogador do Skull.

Princesa: E se entramos no sonho errado?

Monalisa: Vejam, os jaguares estão saindo da caverna.

Passaram por nós, cada qual com dois metros de comprimento e um de altura. No que saíram, outro grupo foi se aproximando, as bandejas vazias foram levadas de volta ao altar, os dois de botas trouxeram outra moça, os novos jaguares deitaram-se nas camas de jade da parede, a mulher astronauta olhava o infinito.

Princesa: Vou embora, deu.

Saímos. Ao longe, mais jaguares se aproximavam.

Monalisa: Está explicado, Vítor, os jogadores do Skull vieram como jaguares. ∎

CAPÍTULO 13
O INIMIGO

Pica-Pau: Temos quatro horas, não temos acesso ao cronômetro, mas posso deduzir.

Sou confiável, eles sabem disso. Samara parecia estar enjoada.

Princesa: Nunca mais vou comer jabuticaba.
Monalisa: Temos que ir, vejam, os jaguares que seguimos continuam a caminhar.

A gente se pôs a andar. Com três luas cheias, a noite era como um dia comum. Sombras, reflexos, os bordados da Samara cintilavam com as folhas, o macacão prateado do Jorjão era uma lantejoula gorda e com pernas.

Princesa: Jorjão, sua roupa é igual a da mulher da caverna!
Pica-Pau: E?
Monalisa: Ela tem razão, isso quer dizer alguma coisa.
Pica-Pau: Estou quase cego com essa luz prateada, mal consigo olhar pro Jorjão.

Jorjão parou bruscamente, estava alterado.

Monalisa: A mulher usava a mesma roupa que eu, pois o macacão do astronauta reflete luz e veste o homem para seu voo maior, no espaço, entre as estrelas. Eles sacrificam os olhos da jovem moça, que simboliza nossa intuição e o nosso futuro. É o olho humano, o satélite que tudo vê, esse ritual é para nos deixar cegos, para não vermos a realidade.

Princesa: Genial.

Se digo que vejo meu avô, sou doido. Ele fala essas coisas e é genial.

Tudo bem, o delírio do Jorjão fazia algum sentido. ❚

CAPÍTULO 14

O CRISTAL

Aqueles jaguares sumiram, mas outros vinham atrás de nós, recém-saídos da caverna de jade. O caminho, antes de terra batida, passou a ser de areia, depois, pedregulhos que refletiam luz, o chão piscava. A Princesa andava com dificuldade, o salto entrava entre uma pedrinha e outra. Jaguares retardatários passavam por nós, não mais em fila indiana, mas dispersos pelo jardim.

Monalisa: Precisamos nos apressar, avante!

O chão ia ficando perigoso, as pedras, mais pontudas e transparentes.

Pica-Pau: Daqui a pouco teremos que escalar o chão.
Princesa: Ei, são cristais, vejam!

Jorjão se ajoelhou. Sim, eram cristais que se formavam, se definiam. As árvores eram as mesmas, o horizonte não estava deformado, as luas em seus lugares, o novo elemento estava onde pisávamos.

Monalisa: Eis a matéria-prima da Caveira de Cristal. É possível que nem participemos do mesmo jogo que esses jaguares, que fiquemos correndo paralelos ao Skull. Mas é inegável que estamos infiltrados em algum segredo. Não quero acordar enquanto não desvendar esse mistério.

Pica-Pau: O chão está se movendo.

Um terremoto, eu diria. A vibração foi aumentando, as pontas dos cristais cresciam.

Princesa: O que é isso?

Monalisa: Agarrem-se onde puderem!

Abraçamos o mesmo cristal, em pontos diferentes. Conforme ele subia, nos afastávamos do chão. Não sentíamos o peso da gravidade, nossos corpos também estavam invisíveis para as leis "físicas" do sonho. A Samara estava de olhos fechados.

Princesa: Quero ir embora!

O cenário se reconfigurava. As árvores foram tragadas pelas fissuras do chão, como um lençol que se acomoda nas dobras do corpo enquanto dormimos. Tons de cinza que estouravam aqui e ali sumiram, deixando o branco absoluto dos cristais debaixo dos holofotes lunares. Samara tremia, sabia que estava pendurada num penhasco, numa altura que só aumentava.

Pica-Pau: Relaxa, Samara, não leve a sério as sensações.

Princesa: Cale a boca, Vítor!

Ao redor, outras pontas, verdadeiros icebergs de cristal se levantavam e alcançavam nosso olhar. De cima, pudemos observar um vale brilhante, uma pedra bruta cheia de cortes, as linhas coloridas pelo efeito do prisma.

Pica-Pau: Abra os olhos, Samara, é deslumbrante!

Jorjão estava calado, olhando como eu a formação de um mundo que começou com um abalo e agora se amoldava. Montanhas transparentes, estávamos em uma delas. Quando o movimento pareceu estabilizar, Jorjão escalou um platô próximo e se sentou. Ofereceu a mão para nos ajudar. Por cavalheirismo tentei, antes de ser salvo, alcançar a Samara com o pé, assim ela seria içada por Jorjão a um lugar seguro. Ela ainda tinha os olhos fechados.

Monalisa: Suba, Vítor, nós a pegamos em seguida.

Subi. De joelhos, na beira do precipício, vi o rosto de tigre de Samara sem a luz no lugar dos olhos, apertados dentro da cara.

Pica-Pau: Dê sua mão, Samara, só a mão, vou te salvar.

Sem enxergar nada, ela ergueu o braço trêmulo, o outro, fraco, não se sustentou. Ela despencou precipício abaixo.

Gritei. ▮

O DESTINO

CAPÍTULO **15**

Monalisa: Espere, Vítor, no máximo ela vai acordar!

Pica-Pau: Você mesmo disse, o sentimento é real, ela está com medo.

Abri os braços.

Monalisa: Não!

Me joguei do alto. Meu corpo planava, o manto de rei me deixou uma pena ao vento. Minhas bochechas nem se enchiam de ar. No caminho, alguns jaguares também caíam, assustados, tentando voar com as patas. Eu me entreguei. O destino daquele tombo seria a *lan house* do Jorjão, e eu levaria a Samara para a casa dela, em paz.

Mas o destino não se aproximava, não o que imaginei. O que era vale virou mar, cada vez mais perto do meu corpo. Mergulhei na água gelada, podia enxergar tudo, as luas, de novo, clareavam algas e peixes metálicos. Jaguares caíam atrás de mim. Onde foi parar a Samara?

Emergi com dificuldade, meu manto real ficou pesado. Eu estava próximo da costa, tudo era cristal, com seus cortes retos e transparentes. Nadei até a praia, rodeada por cordilheiras brilhantes. Quando meus pés pisaram a areia de cristal, vi o vestido da Samara desaparecer numa fenda entre duas montanhas. Fui atrás, se eu não acordei com a queda, melhor que ela também não tivesse acordado.

Ela se enfiou em um corredor de pedra cristalina, dava para ver o horizonte espelhado na parede de cristal, apenas com uma leve distorção. Segui, o corredor se afunilava, vi o vestido dela se multiplicar nos reflexos, a imagem cortada como uma joia preciosa. A linha de divisão entre uma lapidação e outra é que fatiava as imagens. Com os estilhaços, perdi a orientação, não sabia se ia para frente ou voltava.

Uma mão pousou em meu ombro.

Monalisa: Você não tem medo do desconhecido, menino!

Jorjão estava sem cortes, via-o inteiro.

Pica-Pau: Se der alguma coisa errada com a Samara, a culpa é minha.

Monalisa: Vamos, nosso tempo está se esgotando.

O corpo de Jorjão, assim como aconteceu com o de Samara, e agora com o meu, se multiplicava feito caleidoscópio pelas paredes do corredor. As partes se misturavam, metade minha, metade de Jorjão, deixando um rastro colorido atrás de nós.

Monalisa: Estamos sendo refletidos. Corra, Vítor, acho que não estamos mais invisíveis!

Gelei. Nas outras partidas eu era visto e isso não me assustava. Mas dessa vez éramos invasores, não havia segurança nenhuma. Aceleramos, à nossa frente, as duas paredes desenharam uma curva, era o fim da passagem.

O corredor terminou em um círculo, com uma pirâmide de cristal no meio. Alta, sua ponta ia ao topo das montanhas que nos abrigavam. Cores saltavam do centro da grande pirâmide, assim como nosso reflexo pintou as paredes que atravessamos.

Monalisa: Tem alguma coisa lá dentro.

Pica-Pau: Deve ser a Samara.

Havia uma pequena entrada retangular. Avancei.

Monalisa: Cuidado, Vítor! Podemos ser vistos.
Pica-Pau: Estou preparado.

A CAVEIRA DE CRISTAL

CAPÍTULO **16**

Mentira, eu estava apavorado. Vai que algo nos fizesse adoecer ao acordar, ter um treco como o Mateus. Entramos: um salão imenso, sem segredo, chave, salas menores ou qualquer coisa que protegesse aquela caveira de cristal.

Feita em peça única como o tal artefato encontrado, levantando-se do chão igualmente polido. Do tamanho de nossos corpos, o nariz dava em nossa barriga. Samara estava hipnotizada diante dela.

Pica-Pau: Samara?

Ela não se mexia, dei um passo em sua direção. A passagem pela qual entramos fechou bruscamente. Samara se assustou e veio até nós.

Princesa: Ela falou comigo!
Monalisa: Complicou, agora podemos ser vistos não só pelos jaguares, mas pelo Skull.

A grande caveira parecia dirigir seus olhos ocos para nós.

Pica-Pau: O que a caveira disse?
Princesa: "Bem-vindos ao berço do mundo".
Monalisa: Estamos no berço da civilização cauteca. Diante do que esperei a vida toda, a chance de entender a origem do destino. O cristal é o que existe com o maior poder de absorção e armazenamento de dados. Essa caveira de cristal deve armazenar toda a nossa história!

Jorjão ia elucubrar agora, com a caveira ali e nosso tempo acabando.

Pica-Pau: Onde estamos, Jorjão?

Monalisa: No continente perdido, Atlântida! Lugar de onde teriam saído os descendentes dos povos celtas e da América Central, dos egípcios. A Atlântida foi destruída pelo mal uso da tecnologia criada por eles.

Princesa: Mas eles não tinham computador.

Monalisa: Eram mais avançados que nós, menina. Até experimentos genéticos faziam. O que acham que são os deuses e as bestas-feras da mitologia grega? Resultado desses experimentos.

Era o que eu precisava saber. Se naquela caveira havia a explicação de tudo, então agora era a minha vez. Aproximei-me devagar, Jorjão continuava sua teoria para a Samara. Fiquei a um palmo dos olhos da caveira, a transparência dela cintilava em meu manto, como reflexo de água. Estiquei os dedos, abri as duas palmas, cobri cada olho vazio com uma mão.

Pica-Pau: Caveira de cristal, onde está o vô Rubens?

Jorjão parou de tagarelar. A boca dela se abriu e fui jogado para trás por um fluxo de força. Cuspido, eu diria. A boca se manteve aberta.

Ouvimos um ruído atrás de nós, manchas castanhas se espalhavam pelo chão, vi o rosto de Samara paralisar. A porta se abria para dois jaguares. Estacaram, um mostrou os dentes.

Pica-Pau: Estão nos vendo?

Um deles vinha em nossa direção, outros entraram e se espalharam pela pirâmide. Eram muitos em pouco tempo, talvez todos os jogadores do Skull. As cabeças se abaixavam, os músculos se contraíam como preparação para um salto. O olhar de caça. ▮

CAPÍTULO 17 A PROGRAMAÇÃO

Monalisa: Entrem na caveira!

Corremos os três para saltarmos dentro da mandíbula. Um atrás do outro. A ideia seria boa se a boca não se fechasse diante de nós, antes de entrarmos. Ficamos de costas para os jaguares. Ouvi as garras arranharem o chão polido, um ruído agudo e rançoso, junto com a maresia quente do hálito felino.

Samara soltou um grito, suas costas estavam feridas, levou uma patada, o vestido rasgado ia se tingindo de sangue. Era a prova de nossa visibilidade. Tentei ajudar, mas não conseguia me mover.

Monalisa: Vocês nos veem, mas não nos vencem.

A caveira se iluminou, sua luz machucava os olhos, queimava a pele. Uma radiação negativa pelo desconforto que causava. As sensações eram reais, encarnadas. Não éramos só bits, nossos nervos estavam acordando.

Ouvimos uma voz grave: "Cumprimentem-me, subordinados!".

A caveira falou, e sem mover o maxilar. A Samara não tinha alucinado.

Pica-Pau: Quem é você?

Senhor de Cristal: O Senhor de Cristal.

Verdade! Ele disse na reunião que estaria presente nesta partida.

Monalisa: O que quer de nós?

Senhor de Cristal: Já tenho o que quero. Não mais acordarão, este será, daqui por diante, o mundo de vocês.

Monalisa: Isso é um sonho, você não...

Senhor de Cristal: Cale-se! Veja o ferimento da Princesa, é tão real quanto os novos corpos que assumiram.

Samara fazia caretas de dor.

Princesa: Tá doendo.

A cada instante, a densidade do meu corpo era mais presente.

Monalisa: Seremos sacrificados? Diga o que quer. São os olhos da Princesa, não é?

Senhor de Cristal: Dos três. Arranque-os você mesmo e os dê aos animais, eles estão com fome.

Samara deu um gemido de horror. Seríamos destroçados com sensações reais e nunca mais acordaríamos. Jorjão se aproximou de nós, perdeu o medo do rosto, parecia que ia elucubrar outra vez.

Monalisa: Isto é um sistema! Todo sistema obedece a um padrão, o vírus é nada mais que a quebra de um padrão. E invadimos o núcleo do sistema, a câmara da caveira de cristal, seu lugar mais frágil.

Senhor de Cristal: Engana-se, vocês perderam a batalha.

Samara começou a chorar.

Monalisa: Não perdemos, somos o vírus do seu sistema.

A caveira gargalhou, ela era sinistra e se divertia.

Pica-Pau: Para, Jorjão! Você tá piorando, vamos acordar logo.

Monalisa: Não! Podemos levar este programa ao colapso, processar dados além de sua capacidade. Estamos dentro de uma plataforma calculada. Somos humanos, podemos ultrapassar a máquina. Vamos formular problemas insólitos ou o que a matemática ainda não é capaz de resolver.

Princesa: Ficou doido?

Senhor de Cristal: Não compliquem, não há saída!

Monalisa: Veremos para quem não há saída. Você foi programado para responder a todas as questões que lhe são feitas. Responda, sendo a inteligência uma dízima periódica, qual é a fração que a representa?

O maxilar da caveira se movia, descia e subia. A pressão do ar aumentou, o peso de nosso corpo triplicou, a gravidade estava modificada.

Princesa: Para, Jorjão! Minha dor está aumentando.

Monalisa: A vida é divisível por quais números?

A pressão parecia escapar do ar fazendo tremer o que fosse sólido. Uma das paredes trincou-se. Os jaguares, mais pesados que nós, perderam a mobilidade. Talvez por isso os jogadores não entrassem como seres humanos, assim não haveria pergunta formulada.

A trinca da parede ia do alto até o chão. A fenda era fina, mas profunda, e vinha em direção à caveira de cristal. Samara reagiu.

Princesa: Qual é o padrão dos números primos?

Ela é fria até numa hora dessa. A caveira vibrava, assim como o chão. O tremor tinha reverberações por toda a pirâmide. Novas fissuras nasciam pelas paredes. Arrisquei uma pergunta.

Pica-Pau: Sendo o amor um polígono, quantos lados ele tem?

A linha que se movia era como um raio em câmera lenta. O raio alcançou a caveira, a luz que vinha dela se apagou. No epicentro do crânio de cristal, a fenda se alargou no chão, o raio se multiplicou em sua face, que se dividiu em inúmeros pedaços transparentes. Os pedaços cederam. A caveira de cristal implodiu. O chão, de onde pareceu vir a bomba, agora engolia os cacos, levando consigo os jaguares, sem nos atingir. Como se, vírus que éramos, fôssemos incuráveis. ▮

A VOLTA

CAPÍTULO **18**

Abri os olhos, respirei profundamente, estava pregado ao chão. Notei o ventilador de teto, faltava uma pá. Sabia que tinha acordado porque o corpo chega, como se meu coração tivesse ido mesmo bater sob o manto de um rei galo. Exausto, acho que envelheci uns dois anos.

Descruzei os dedos. Fui sentando. Samara permanecia dormindo. Olhei em volta, foi sonho mesmo, ela continuava de moletom e sem nenhum sinal de sangue. Chacoalhei a Princesa, ela não se mexia. E se ficou presa no jogo? Deitei o ouvido em seu peito, o coração batia, senti o volume do seio, quase engasguei com minha saliva. Ela abriu os olhos, afastei suas mãos do umbigo.

— Vencemos! Derrotamos a Sociedade da Caveira de Cristal.

— Foi só um pesadelo, Vítor.

Estava abatida. Olhei para os computadores, a luz das caveiras tinha desaparecido, as telas estavam normais.

— Vamos embora, me deixe na porta de casa.

Desliguei os computadores, ainda era madrugada. Calçamos os tênis, única coisa que tiramos para dormir, e saímos. Não tinha viva alma na rua, só nós dois. Se o satélite nos vir juntos, vai achar que namoramos escondido, um amor proibido. Samara entrou em casa sem se despedir.

Na minha casa, tudo normal, a tevê ligada, meu pai dormindo no sofá, minha mãe roncando no quarto. Desabei na cama.

Acordei às duas da tarde, com dores pelo corpo. Minha mãe abriu a porta do quarto.

— Dormiu feito pedra.

Maravilha, nenhum rastro.

— Jorjão telefonou, é pra você ligar.

Ela ficou me olhando com sorrisinho. Mal sinal, ia implicar.

— Mãe, deixe o cara, é gente fina. ▮

A NOTÍCIA

CAPÍTULO 19

❙ — Não é por isso que estou sorrindo. Não se fala em outra coisa, essa foi a primeira noite sem mortes pelo Bola.

Foi por isso que Jorjão telefonou, nós conseguimos! Corri para a sala, meu pai acendia um cigarro.

— Vem ver, filho, parece que essa desgraça deu uma folga.

Não sabia em qual pensamento me concentrava. Se na Samara e seu coração que bate; se nas descobertas do Jorjão; se era verdade que eliminamos o Bola da humanidade; se a Sociedade da Caveira de Cristal nos descobriu e acabaria com a gente; se tudo ia voltar ao normal; se eu tivesse conhecido o Skull antes, teria salvado o vô Rubens do vírus.

Nas semanas seguintes, o Bola recuou tão rápido e misteriosamente, que a discussão não era mais descobrir a cura, mas como ela se deu. Não só sumiu do lado de fora, como do lado de dentro dos infectados. O secretário de Saúde diz que foi por ele, pelas ações do governo que a epidemia foi controlada. As igrejas dizem que foi pela fé dos religiosos, que, com a doença, tiveram a piedade trabalhada. Cada um pegou uma fatia do bolo que é meu, do Jorjão e da Samara. ❙

CAPÍTULO 20

A VIDA NORMAL

Mateus voltou para casa, dizendo não se lembrar de nada, a mesma reação que teve quando sumiu por treze dias. A mãe vai mandá-lo descansar no sítio de um parente, sem computador.

A professora do primário, que causou comoção no bairro, também voltou do hospital. Tá namorando o Jorjão, se conheceram na enfermaria; ele namorou umas duas por lá.

Samara terminou com Rodolfo. Dormir ao meu lado a fez perceber o poder de um nerd. Tanto, que quis namorar um. Escolheu o Nelson Figueiredo, o Nelsinho. Um nerd de fachada, não manja nada, mas tem dezoito anos e está tirando carteira de motorista. Rodolfo agora frequenta o Jorjão, a gente tem conversado, o cara tá ficando esperto. Samara é muito parecida com o irmão, não dá para saber o que virá. Tentei colar a imagem daquele rosto lindo no corpo de uma lagartixa suada, ter asco ia me ajudar esquecer essa ingrata. Conversamos no colégio, numa reunião para o anúncio oficial do fim do isolamento.

— Se liga, a gente salvou o planeta.

— Não viaja, Vítor, medo de você.

— Minha mãe acha que é outra coisa.

— Se enxerga!

O OLHO QUE TUDO VÊ

CAPÍTULO 21

A Sociedade da Caveira de Cristal desapareceu, pelo menos como Skull, como site, como jogo. O domínio expirou, o e-mail expirou, isso no dia seguinte ao da partida final. O olho que tudo vê caiu. Estou falando sério, o satélite caiu. Foi encontrado num deserto dos Estados Unidos, espatifado. O calendário cauteca também previa uma tempestade solar. Tempestades solares alteram o eletromagnetismo do planeta, com essa força desequilibrada, o olho foi para o chão. Acho suspeito, penso que a Sociedade da Caveira de Cristal não morreu, mas adormeceu outra vez.

CAPÍTULO

22 REAL OU VIRTUAL?

Encontro Jorjão todos os dias na porta do colégio, eu saindo da aula, ele esperando a professora.

— A caveira não simboliza só a morte, mas a sabedoria. Quando nos entregamos ao sonho, a verdade surge. O que a Sociedade da Caveira de Cristal fez foi utilizar-se da sabedoria para o mal. Os Homens de Branco somos nós, nossa consciência. O vírus recuou quando permitimos que a consciência atuasse, nós agimos em sonho e o vírus recuou na realidade.

— Isso que me confunde, o vô Rubens era real ou virtual?

Nisso, a Camila, da sétima série, se aproximou da gente. Jorjão me deu uma piscada. Meus pais deixaram de implicar tanto com ele, namorando com a professora, ele entrou numa fase ótima.

A Camila ficou minha amiga, foi chegando devagarinho, me deixando calmo. Ela me beijou na cantina, do nada. Os nerds estão em alta, finalmente. Samara, desde o dia em que me viu no pátio com a Camila, vira a cara, não fala mais comigo. Ciúme, óbvio.

GENTE GRANDE

CAPÍTULO **23**

❚ Uma coisa é certa, não há diferença entre a rua e o espaço virtual. São as mesmas pessoas caminhando, se conhecendo, tropeçando, tudo igual. Ninguém muda, só porque não aparece o corpo.

Meu sono foi ficando mais leve, os sonhos voltaram aos poucos. Ontem sonhei com vô Rubens, desta vez, o sonho era meu.

Ando empolgado, descobri um jogo que, a partir da décima partida, promete aumentar a produção de neurônios e as ligações entre eles. Astronautas e jogadores de xadrez não ficam um dia sem jogar. Fato ainda não comprovado, mas vi pela internet depoimentos sobre a neurogênese, o nascimento e o berço dos neurônios, afirmam que a inteligência é a ligação entre eles, e as ligações podem ser imortais e infinitas. O jogo é poderoso, coisa de gente grande.

Arranjei uma cópia, hoje eu instalo. ❚

SOBRE A AUTORA

Andréa del Fuego

Escrevi *Sociedade da Caveira de Cristal* me lembrando do que eu mais gostava na adolescência: o desenho animado "Caverna do Dragão" e qualquer filme do "Indiana Jones". Eu nasci em 1975 e invento textos desde que aprendi a escrever. Publiquei pela primeira vez em 2004, o livro de contos *Minto enquanto posso*. De lá para cá, foram livros de contos, infantojuvenis e romances. O livro *Os Malaquias* ganhou o prêmio José Saramago; também ganhei o prêmio Literatura para Todos do Ministério da Educação por uma novela escrita para o público adulto em alfabetização. Fiz graduação e mestrado em filosofia na USP, foi quando aprendi a ler e escrever com preocupações mais complexas. Tanto quanto escrever, gosto de dar oficinas de escrita literária. Além de defender o direito à leitura, gosto de lembrar nosso direito à escrita. Você toparia escrever uma história? ▌

SOBRE O ILUSTRADOR

Fido Nesti

Nasci em 1971. Como as paredes do meu quarto logo se encheram de rabiscos, acho que eu já sabia o que queria fazer desde muito cedo. Na adolescência trabalhei em um estúdio de desenho animado. A partir daí, comecei a colaborar com ilustrações em diferentes editoras, revistas e jornais. Já são muitos anos contribuindo com desenhos para a *Folha de S.Paulo* e para *The New Yorker*, por exemplo, e ilustrando obras de diversos autores. Outra grande paixão são as HQs. Publiquei *A Máquina de Goldberg*, com a Vanessa Barbara; a adaptação de *Os Lusíadas*, de Luís de Camões, e a de *1984*, de George Orwell. Este último foi finalista do prêmio Jabuti e ganhou o troféu Eisner Awards de melhor adaptação em 2022. É hora de voltar para a prancheta e sujar as mãos de nanquim. Um traço após o outro vão dando vida a uma nova história. Qual é a sua? **I**

A marca FSC® é a garantia de que a madeira utilizada na fabricação do papel deste livro provém de florestas que foram gerenciadas de maneira ambientalmente correta, socialmente justa e economicamente viável, além de outras fontes de origem controlada.

Esta obra foi composta em Gotham Narrow e impressa pela Gráfica Santa Marta em ofsete sobre papel Alta Alvura da Suzano S.A. para a Editora Schwarcz em setembro de 2024